GENTOSHA OUTLAW BUNKO

美人妻

団　鬼六

幻冬舎アウトロー文庫

美人妻

目次

美人妻　7
蛇の穴　113
解説　堀江珠喜　278

美人妻

蕩《とろ》ける一夜

西川耕二は三十一歳、日栄産業の営業部に勤めてもう七年になる。

相当な学歴もあり、社内では人望もあり、営業部における彼の才能も抜群で、二十七歳ですでに営業課長、あと一、二年もすれば営業部長の椅子も約束されているという幸運を背負っている。

昨年、彼は結婚した。妻の雅子は、築地の料亭の娘だったが、茶道の心得もあり、日本舞踊は名取りであって、鼻すじの通った端正な美女――つまり、彼は家庭的にも恵まれていて我が世の春といった感がする。

要するに西川耕二は人生の優等生であった。

会社における彼は極めて真面目で精励で、事務的に営業部内の仕事をてきぱき処理して、しかも、つき合いは悪い方じゃない。

いわば、積極的な現世主義者であり、出世欲も耕二は元々旺盛だったのだ。

この西川耕二がふとした事から生活の軌道を狂わせる事になったのである。

得意の絶頂から絶望のどん底——大袈裟《おおげさ》ではなくそんな最悪の状態を迎えねばならぬ破目に陥ったのだ。

そのきっかけは実に他愛のない些細《ささい》な事からである。

出張先での一寸《ちよつと》した浮気——それが彼の人生をすっかり狂わせてしまう程の大事件に進展したのだ。

彼は仕事を愛していたし、妻も愛していた。

会社の上役の受けはいいし、部下の者は皆、彼を慕っていた。このまま進めば、営業部長の椅子も約束されている。彼は現在の自分に大いに満足だった。

それがどうして、こんな悲惨な事になったのか。

その原因は、今いったように出張の一寸した浮気だったが、温泉場に三日間の出張という事になれば大抵の男なら芸者と一晩ぐらいの浮気は当然の事のように思われる。

西川耕二の勤める日栄産業というのはスチームバスを製造し、販売する会社であって、彼は温泉に今度新築される事になった金竜ホテルへそれの売りこみに出かけたのである。

　交渉は成立し、五台のスチームバスのセールスに成功した耕二は金竜ホテルとは同族経営になっている銀竜ホテルにも交渉し、更に三台のバスの売りこみに成功した。

　その事を東京の会社に電話連絡すると、電話に出た専務の川崎が、

「いや、お手柄、お手柄」

　と、セールスに成功した耕二を手放しでほめてから、

「どうだい。あと一日、そっちでのんびりして来いよ。たまには温泉場の芸者を抱くのもいいだろ」

　セールスに成功したほうびとして耕二の温泉場における芸者遊びを会社経費で落としてやると専務の川崎はいうのだった。

「いえ、会社の残務整理が残っていますので」

　これからすぐに東京へ帰るという耕二に、

「少しは羽根をのばすのも必要だ。根をつめて仕事ばかりするのは健康にもよくない。ま、一日、のんびりくつろいでこい」

　せっかく温泉場まで行ったのだから、湯につかり、芸者と遊んで英気を養え、と川崎はいうのだった。

耕二の功績に対する専務の心づくしというわけである。

耕二は会社側の好意を受ける事にして、温泉町の方へ再び車を走らせて行った。

車は会社の使っている営業用のクラウンで耕二は東京からS市までの三時間、一人で運転して来たのだ。

このひなびた温泉郷は川に沿っていて風景は水彩画のように実に美しい。

川の土手の上には柳が並び、今時、珍しい藁《わら》ぶき小屋があちこちに見受けられた。

耕二は八雲荘という中級の旅館へ宿泊する事にきめた。

女中に通された部屋の窓からも眼下に川が見え、柳の間をもれる陽《ひ》のうららかな光が水底の小砂利を銀粒のように照らしている。

耕二は久しぶりにのんびりとくつろいだ。

やはり、専務のすすめを受けてよかったと思った。

岩風呂にゆっくりと入る耕二の口から鼻唄が流れる。

ああ、極楽、といいながら耕二は温泉の中で身体《からだ》を洗った。

「芸者がいるなら呼んでくれないか」

風呂場を出た耕二は旅館の女中に声をかけた。

「芸者さんは一人でいいんですか」

「ああ、こちらも一人だから芸者も一人で充分だ」

耕二は二階の座敷へもどるとごろりと畳の上に横になった。

こんなにのんびりした気持ちになったのは何カ月ぶりだろう、と耕二は思った。

最近は仕事に追いまくられているが一度、雅子もこんな温泉に連れて来てやりたいものだ、と耕二は思ったりする。

この座敷は二間つづきになっていて畳は青いし、障子は白い。宿の浴衣《ゆかた》に着がえて風呂上がりの一杯のビールは格別なうまさだ。

女中が卓の上に料理を並べる頃は、窓の外はもう夕暮れで河原は鉛色の水となって瀬をなして流れ始めている。咽《むせ》ぶような瀬音が流れてくる。彼岸の川沿いに並ぶ旅館の窓にすっかり灯《あか》りがともって宴会の三味線の音《ね》がこちらまで流れてくるのだ。

「今晩は」

と、いう声に振り返ると野暮ったい衣裳を身にした土地の芸者が敷居の所に座って頭を下げていた。

スラリとした体つきで田舎芸者にしては器量も悪い方ではない。細面《ほそおもて》でにじんだような眉をしている。

「小菊といいます、よろしく」

耕二が名を聞くと、芸者はそう答えて耕二の方に寄って行き、

「お一つどうぞ」

と、もう銚子を取り上げるのだった。

「ここの芸者になってもう長いのかい」

「いいえ。去年、東京から流れて来たのです」

誰か東京からいい客が来ればその妾にしてもらってもう一度東京へ舞い戻るつもりだ、と小菊は冗談めかしにいって笑った。

仲々、情が深そうな所があり、耕二はこんなタイプの芸者が好きだった。口にかざり気がなく芸者めいた媚《こ》びを売ろうとはしない。

やはり、ここへ一泊する事になってよかった、ともう一度、耕二は思った。

「君、ここへ泊ってもいいのかい」

いい気持ちに酔って来た耕二が誘いをかけると、小菊は、

「ここじゃ駄目なんです」

と、酔って色っぽくなった目を耕二に注いでいった。

そうなるには別の場所でなければならないという。

やはり、その筋がうるさくて普通の旅館では芸者を泊めたりはしない事になっているらし

い。

「行こう」

といって耕二は浴衣姿のまま立ち上がった。

耕二と小菊は旅館の番頭に断わって玄関へ出る。

耕二は小菊の手をつかんで会社の車に乗せた。

「そんなに酔っていて運転大丈夫なんですか」

「大丈夫。少々、酔っていた方が調子がいいんだ」

耕二はハンドルを握って笑い、小菊の教える場末の小さな旅館に車を走らせた。

それは、連れこみ旅館で、こんもりした柳の樹陰に淋《さび》しげな軒灯がぽつんとついている。

「君がひいきにしている旅館なのか」

「まあ、そういう事でしょうね」

小菊はフフフと片頬を歪めて笑った。笑うと彼女の頬にはふと薄情そうな笑《え》くぼが出来るのだが、それが耕二にとっては何ともいえぬ魅力に思えるのだ。

通された部屋は八雲荘の部屋とはくらべものにならぬ粗末なものだった。畳も八雲荘の青々としたのにくらべてここのは垢じみてどす黒い。部屋の作りも置物も何か寒々としている。

「ごめんなさいね。こんな粗末な部屋へ連れこんじゃって。でも、最近、取締まりがきびしくて普通の旅館じゃ駄目なのよ」

「いいさ。君がいるだけで充分だよ。部屋なんかどうだっていい」

「嬉《うれ》しいわ。そんな事、いって頂けて」

小菊は耕二に抱きついて頬のあたりに接吻《せっぷん》した。

「ここのおかみさんに部屋代を払ってくるわ」

五千円でいいから、と小菊はそれだけを受けとって階段をかけ降りていったが、しばらくたって戻ってくると、

「ねえ、白黒ショーを見たいとは思わない」

と、悪戯《いたずら》っぽい目つきになって耕二にいった。

評判のショー

この土地では源造、愛子の白黒ショーはかなり評判になっていると小菊は耕二に説明した。

その源造夫婦が今、階下のおかみさんの茶の間でぼんやりしているという。

今日は仕事にあぶれたので顔なじみのここのおかみと花札したりして夕方から遊びつづけているというのだ。

「焼酎代だけでいいというのよ。五千円もあげて頂けないかしら」

土地の芸者と寝る前に土地の白黒ショーを見る——これは俺にとっては一寸した大尽《だいじん》遊びだと耕二は愉快な気分になってきた。

「ああ、いいとも。五千円の散財をしよう」

耕二がうなずくと、小菊はその源造という男とは古いなじみらしく、

「源造さんも悦《よろこ》ぶわ」

と、嬉しそうな顔になり、しかし、階下の源造を呼びに行こうとして、ふと、耕二の方を振り返った。

「ああ、いうのを忘れていたけれど、源造さんの白黒ショーは一寸変わっているのよ」

「変わっているとは？」

「SMショーとでもいうのかな。女をいじめまくるの。縛ったり、ムチでたたいたり——」

「へえ」

「源造さんってのは一寸おかしな病気があってね。女を虐待するショーばかりやるのよ。

元々、こんな事が好きなんですって。でも、普段はとても優しい人なのよ」

「変わっているな。女房の方がたまらんだろ」

「いえ、段々とそれが苦痛じゃなくなったんですって。旦那の源造さんに仕込まれてしまったわけよ」

そんな実演を中には不快に思う客があるので一応、小菊は耕二に意向を聞いたのだ。

「いいよ、何だって。話の種に拝見させてもらおうじゃないか」

と、耕二はいった。

「へい、ごめんなすって」

と、間もなく小菊に案内された形で単物《ひとえもの》を着た色の赤黒い男が入って来た。

そのあとについて色あせた長襦袢《ながじゅばん》を着た縮れ毛の女が入って来る。それが源造の女房なのだろう。小肥《こぶと》りで年は三十三、四、おかめがベソをかいたような不器量な女であった。

「今晩は。どうもすいません」

と、源造の女房は自分達夫婦のショーを五千円で買ってくれた耕二に対してペコリと頭を下げるのだ。

源造は持って来たすり切れた黒鞄の中から使い古した麻縄をとり出し、バサリと畳の上に投げ出した。

「来い」

源造は女房の愛子に鋭い声をかけ長襦袢の伊達巻《だて》に手をかける。

源造がたぐるとクルクルと伊達巻が解かれていき、愛子はコマのように畳の上に立ったまま回転し始める。

源造は次に愛子の長襦袢の襟に手をかけ、さっと剥《は》ぎとった。

愛子は上半身、裸となり、畳に俯《うつぶ》せに手をついた。

それらはすべて演出された進行なのだろう。

源造は手に残った長襦袢をほうり投げ、着物の袖に手を通して双肌《もろはだ》脱ぎとなると、黒鞄の中から皮鞭をとり出して威嚇《いかく》的にピシリッと畳の上へ打ちおろした。

真っ赤な腰巻一つの愛子はわざとおびえた表情になり、畳の上をいざるようにして後退していく。

「随分と芝居がかっているんだな」

耕二は小菊と卓の前に肩を並べてこの珍妙なショーを眺めながら酒を飲んでいる。

「これが源造さんの趣味なのよ」

小菊は耕二の手をとって自分の乳房のあたりにあてがいながらいった。

小菊もかなり酩酊してきた。酒気を帯びた太腿《ふともも》が媚《なま》めかしく輝いている。

源造は畳の上に這《は》いずる愛子の手をとってさっと立ち上がらせ、目にも止まらぬ早さで麻縄をつかみ上げ、キリキリと後手に縛り上げていく。

雁字《がんじ》がらめに縛り上げられた愛子の縄尻をひっぱり、源造は再び、皮鞭をとり上げて愛子の尻といわず、太腿といわずたたきつづけた。

ヒイッと愛子は悲鳴を上げる。源造が愛子の腰のものをひったくって、尻を蹴《け》り上げたのだ。

全裸になって逃げまどう愛子の縄尻をまたつかんで源造はうしろへ倒した。

後手《うしろで》に縛り上げられたまま愛子は立ち上がろうとする。すると源造は一段と激しい嗜虐《しぎゃく》の発作にかられたのか足で再び蹴り倒し、今度は皮鞭で、背といわず、腹といわず無茶苦茶になぐりつけるのだった。

遂には、足で畳の上にのたうつ愛子の汗ばんだ額を押えつけ、ぐいぐいとしごき始める。

こんな折檻《せっかん》は源造の発作的狂暴性だけではなく、最初からちゃんと計算されている所がある。

「どうだ、苦しいか、何とかいえっ」

と、源造が愛子を踏んづけながらわめくと愛子は苦しげに顔をしかめて、

「もう堪忍《かんにん》して下さい」

と悲鳴を上げている。

贅肉がこってりついた愛子の肉体は醜悪といった方がよかった。

乳房もだらしなくたれ下がって容貌《ようぼう》といい肉体といい商売ものとしては通用しない女である。

だから、源造にしてみればこうしたサディズムショーに仕上げ、つまり、芸を客の前に披露しているつもりらしいが、この種のものに興味を持たぬ者の目からすれば辟易《へきえき》以外の何ものでもないという事になる。

何時《いつ》の間にか、源造も丸裸になっていた。

彼の股間の一物は黒光りした巨大なもので耕二はむしろショーよりその方に興味を持った。

「凄《すご》いね。彼のあそこは」

小菊の手を握って耕二が彼女の耳元に口を寄せるようにしていうと、

「ほんとうねえ。あんな凄いのを持った人と寝るような事になれば私の細い身体なんかこわされてしまうわ」

と、小菊は耕二の手を握り返しながらいい、情感をたたえた瞳を耕二に向けて、

「まさか、あなた、あんなのじゃないでしょうね」

と、クスクス笑うのだった。

お座敷ショーはつづいている。

愛子が源造に強制された形で行儀よく正座したまま、源造に口技を加えているのだ。

「もっとしっかり嘗《な》めろ。精一杯、しゃぶりぬけ」

源造は突っ立ったまま弓反りになって胸をはっている。

後手に縛られたまま愛子はうっとり目を閉じ合わせるようにして舌先で巧みな愛撫《あいぶ》をくり返しているのだ。

「うまいもんだな」

「そうねえ」

耕二と小菊はその変態ショーを見物している内、何時しか引きこまれていき、情感の昂《たか》まりが、胸を襲ってくる。源造は急に、そんな生っちょろいのでは気にいらぬ、と叫び、ぺたりと畳の上に尻をつけて、「もっと上手にするんだ」とがなり立てながら足を開いた。

愛子は後手に縛られた不自由な身体をもどかしげに動かせて源造の方へ進んで行く。

「あんなふうに女を虐待して性行為に入るというのは俺にはわからないな」

と、耕二が小声で小菊の耳にいった時、実演の方では、愛子が源造に強制されて唇による愛撫を行なっている。

源造はそんな事を愛子に演じさせながらたえず何かがなり立てているのだが、鞭で尻をぶたれようと髪の毛をしごかれようと愛子は必死に愛撫をつづけ、その表情は恍惚《こうこつ》に浸っていた。

源造は次に愛子を畳の上に仰臥《ぎょうが》させる。

黒鞄から取り出したバイブを乳房や胸部、そして太腿と当てつづけて愛子に喜悦のうめきを上げさせ、また、見物する側の効果を狙って、愛子の女の源泉をもバイブで刺激するのだ。

緊縛《きんばく》された裸身をのたうたせて舌足らずの悲鳴を上げる愛子も見物人をモリモリ悦ばせるための芝居がかりにも思えるが、源造は愛子の片肢《かたあし》をつかんで引き上げたり、両肢をつかんで引き裂いたり、猫がネズミをいたぶるような嗜虐性を発揮しているのだ。

黒鞄の中から珍妙なものが次々と取り出される。

ソーセージやキュウリ、太いたこの足などで愛子をいたぶった時は耕二は思わず吹き出してしまった。

そんなものを左官が壁の穴を埋めるような調子で愛子のその部分に次々と埋めたり、抜き出したりし、挙句《あげく》の果ては、

「さあ、こいっ」

と、緊縛されたままの愛子を自分の膝《ひざ》の上に乗せ上げて、つまり、座位で愛欲行為に入るのだった。

愛子の背面を自分の前面に抱きかかえ、酒を飲んで見物する耕二達の方へ愛子の正面像を晒《さら》け出した。

そんな体位を組んだ源造と愛子を見て、耕二も小菊も驚異の表情になった。

愛子は背後から緊《し》め上げられた乳房を源造に強く揉《も》まれ、悲鳴に近い啼泣《ていきゅう》を洩《も》らしつづけている。

肉欲の果て

源造と愛子の異様なショーが終わり、この夫婦が引き揚げてから、耕二は小菊と床に入ったのだが、たしかにショーは耕二にとってはかなりの刺激剤となり、昂ぶった神経をもろに小菊に向かってぶつけていった。

耕二は妻の雅子と恋愛結婚以来、浮気というものをした事がなかった。

この出張先で温泉芸者を抱くという事にいささかうしろめたさも感じたが、芸者遊び一つ出来ぬようでは男の沽券《こけん》にかかわると酒に酔った火照《ほて》った身体を小菊のしなやかな白い裸身の上へ乗せ上げ、激しく抱擁した。

小菊の肌は餅肌で粘りがあった。

柔軟な両手を耕二の首にかけて上半身をゆるやかに働かせながら、腰は強く振動させ、耕二のそれをわずかずつ吸いこんでいく。その技巧はたしかにプロであった。

耕二は小菊の熱く熟した内部の感触に有頂天になり、全身をすっかり痺《しび》れさせてしまった。

「ねえ、私、あなたのような人を待っていたのよ」

と、小菊は熱っぽい喘《あえ》ぎと一緒に耕二にいった。

「私を東京へ連れて行って」

甘えかかるような声音《こわね》で小菊はいうのだ。

「だけど、俺は女房持ちだよ」

「そりゃわかってるわ。だから、私を二号にしてといってるのよ」

こいつ少し、頭がおかしいのか、と耕二は小菊を抱擁しながら思った。

初めての客に東京へ連れていってくれ、というこの芸者の神経がわからない。

「君は客をとるたび、東京行きをねだるのか」

と、皮肉っぽいいい方をすると、

「そんな事はないわ。あなたに私、一目惚《ぼ》れしちまったのですもの」

と、悩ましい身《み》悶《もだ》えを見せながら甘い声でささやくのだった。

彼女のすばらしい肉体、その度《たび》の哀切的な啼泣といい、耕二の五体をすっかり痺れさせていく。

小菊の肉体と技巧のうまさに耕二がのぼせ上がった事は事実だが、東京へ連れていってほしい、という小菊のねだりは閨房《けいぼう》におけるいわば睦言《むつごと》、耕二は大して気にもとめなかった。

そして、それが現実の出来事となるなど、この時、夢にも思わなかったのである。——連れこみ旅館の柳川亭を耕二が小菊と連れ立って出たのは、もう午前二時に近かった。

「送って行くよ」

と、耕二は小菊を車に乗せた。

「今夜は実に楽しかった」

と、耕二は運転席の隣に座る小菊の頬をつき、ハンドルを握った。

「明日にはもう東京へ帰るのね」

「ああ、宮仕えの哀《かな》しさだよ」

車は河岸に並ぶ夜露を浴びた瓦屋根の間を走りつづける。

「ねえ、もう一日位、いいでしょう」

「そういうわけにはいかないんだよ」

小菊は運転する耕二の身体に身をすりつけて両手を耕二の首にからませた。

「危いよっ、おい、よさないか」

耕二のハンドルを握る手元が狂って、車のタイヤは激しい音を軋《きし》ませた。

眼前に二つの人影が見える。

酔っている男を女が介抱しながら歩いているのだが、そこへ車はあっという間に飛びこんでしまった。急ブレーキをかけたがもう間に合わなかったのである。

小菊は悲鳴をあげて、耕二にしがみついた。

車は女の方をはね飛ばしていた。

耕二の全身から血の気《け》が引いた。

一旦《いったん》、車は停止したが、うしろを振り返る勇気もない。耕二の足元はガクガク慄《ふる》えている。

路上にはね飛ばされた女に酔った男があたふた近づいて抱き起こそうとしているのが、バックミラーにうつった。

「源造さん夫婦よ」

小菊も真っ蒼《さお》な顔になり、唇を慄わせていった。

今の衝撃から源造の女房の愛子は即死したと耕二は直感した。

ハンドルを握る耕二の手がブルブル慄えている。

心臓が高鳴り、耕二の額からは汗がタラタラと流れた。

思い切ったように耕二は自動車のアクセルを踏んだ。

「ね、あんた、逃げるの」

小菊はおろおろした表情で耕二にいった。

ひき逃げ、という罪悪感など耕二にはなかった。恐ろしくて一刻でも早くここから逃亡したいという気持ちがあるだけである。

俺には仕事がある、と耕二は混乱した神経の中でうめき続けた。

相手は場末のお座敷ショーに出演して白黒を演ずるような人間ではないか。

「あんな虫けらのような奴、引き殺したってかまうものか」

と、目をつり上げて前方を睨《にら》みながら耕二はいった。

「そんなひどい事ってないわっ」

小菊が血の気の失《う》せた表情で唇を慄わせると、耕二は片手でハンドルを持ちながら、小菊の手を力一杯、つかんだ。

「東京へ連れて行ってやる。だから、この事は絶対に口外するんじゃないぞ。いいな」

と、耕二は鋭い声を小菊に浴びせたのである。

奪われた愛妻

それから十日たった。

耕二は今までと変わらず真面目に精励に会社へ出勤している。

積極的なサラリーマンとして会社の仕事を以前と変わらずてきぱき処理しているのだがこの十日間で彼の私生活はかなり変化した。

今までは社の帰りに一人で酒を飲みに出かけるという事はまずなかったが、耕二は新宿、花園町の居酒屋を徘徊《はいかい》する日が多くなった。

帰宅時間は何時も十二時を過ぎている。その理由は、新宿、角筈《つのはず》町のアパートにいる小菊のもとへ立ち寄るのが日課となったからで、つまり、彼は二号を持つ身となったのだ。

角筈町のアパートへ寄らなければ小菊の機嫌がすこぶる悪い。

小菊に弱みを握られている耕二は小菊がヒステリーを起こす事を恐れた。

小菊に対する本質的な愛情が耕二にあるわけではない。

いわば恋女房である雅子に対するすまなさという事もあって、耕二は日々調子が狂っていく自分を感じ出している。

出張先でひき逃げをしたという罪悪感も日々、心の底に重苦しくたまり出し、とんでもない事をしてしまったという後悔の念にさいなまれるようになった。しかも、その結果が、田舎の温泉芸者を東京に住まわせるという歪んだ生活——それは、耕二のように出世主義者の男には耐えられない重荷となってくる。

深夜、帰宅した耕二に向かって遂に妻の雅子はきり出した。耕二はハッとして、疲労困憊《こんぱい》した表情を雅子に向けた。

「あなた、私に何か隠している事があるのですか」

雅子は柔らかい睫毛《まつげ》で翳《かげ》った抒情《じょじょう》的な瞳を哀しげにしばたかせている。

このような美人の妻を持ち、会社では上役の気に入られ、順調な軌道の上に乗って行動していた自分が、どうしてこのように焦躁《しょうそう》に駆り立てられる日々を過ごしているのかと耕二は不思議になる。どこかに女を作っているという事を雅子はもう気づいているに違いないと耕二は感じ、雅子の冷たく整った美貌からふと目をそらせてしまうのだった。

「近頃のあなたは変ですわ。何か私に隠している事があるんじゃなくて」

「何をいうのだ、急に。君に隠す事なんかあるわけないじゃないか」

耕二は酔いざめの水を雅子に持って来させ、如何《いか》にも疲れ切ったように深く首を垂れさせてしまうのだった。

「それならいいのですけど」

雅子は疲れ切っている夫の神経をこれ以上昂ぶらせてはいけないと気を使って、

「もうお休みになっては」

と、声の調子を変えた。

「そうそう、今日の昼間、あなたに電話がありましたわ。お名前を聞いたのですけど、源造といえばわかるとおっしゃるんです」

「源、源造だって」

耕二は一瞬、呼吸も止まる程の衝撃を受けた。

さっと顔を上げた耕二は恐ろしい程の顔つきになっていた。

「その源造が、な、なんといったんだ」

「別に何もおっしゃらなかったわ。夫は会社にいますというと、会社の電話を教えてほしいというので——」

「それで教えたのか」

「ええ。どうしたんです。そんな恐《こわ》い顔をして」

雅子は耕二のひきつったような表情を不思議そうに見ていった。

「一体、どういう方なんです。その源造さんという人は」

「お前に関係ない。気にしなくたっていいよ」

耕二はそういって寝床の中へもぐりこんだ。

しかし、耕二の心臓は高鳴って、眠るどころではない。源造が俺の家へ電話をかけてきた。

これは一体、どういう事なのか。

女房をひき逃げしたのは俺だとさぐりを当て、殺された女房の復讐を果たす気で東京までやって来たのに違いない。しかし、どうして俺が犯人だとわかったか。俺が犯人だとわかって警察にもとどけず直接、ここへ電話をかけてきた彼の魂胆は——つまり、俺を殺す気なんだ。

耕二はぞっとして上体を起こした。源造の女房をひき逃げした夜と同様、すっかり蒼《あお》ざめて額からタラタラと汗が流れている。

次の日、耕二は会社には行かず、家を出るとすぐにタクシーを拾って角筈町の小菊のアパートへ向かった。

源造が直接、自分の家へ電話をかけて来た事を耕二は小菊に告げた。

「まさか」

と、ネグリジェ姿の小菊は寝床の中であくびと一緒に笑っている。

「嘘じゃない。家内がたしかに電話で源造と名乗る男と話をしたんだ」

耕二は平然とした表情の小菊に腹が立ち、どなりつけるようにいった。

あの事件の翌日、地方新聞にひき逃げされた愛子が重態に陥ったという記事が出ていたが、それ以後、愛子が死亡したかどうかはわからない。

一命をとりとめたとしても愛子は不具になっている筈《はず》だ。

どうしてあの時、勇気を出して愛子を病院まで運び、生死にかかわらず、最後まで面倒を見てやらなかったか。あの一瞬、耕二の脳裡《のうり》に走ったものはこの事件で自分がこれまで築き上げたものが砕け散るという恐怖であった。そんな馬鹿げた事で順調に帆を上げかけた自分の人生が狂ってたまるか。そう思って耕二は必死になって逃げたのだ。

だが、こうして源造からの電話がかかった今、耕二の五体をキリキリ緊め上げてくるのは、もうどうにもならぬという絶望感である。

「じたばたしたって仕様がないわよ」

小菊は窓辺の手すりに腰をかけ、煙草を口にした。

温泉街で初めて小菊を見た時は、その名の通り、どこか小菊のような可憐さがあると耕二は思ったが、やはり、野に置け、蓮華草《れんげそう》とでもいうか、東京のアパートに越して来てからの小菊はひなびた温泉地にいた時のような情趣など微塵《みじん》も感じられなくなってしまっている。

不貞《ふて》くされたように煙草をくゆらせている小菊の横顔には何か冷たい意地の悪い翳りがあり、それを耕二は憎々しげに見つめるのだった。

「どうして源造が俺の所に電話をかけて寄こしたのだろ」

「そんな事、私にいったって知らないわよ」

小菊は小鼻を動かし、ふくれた顔つきになっていた。

「女房を殺された口惜《くや》しさで必死になりゃ、犯人の居所をみつけ出せるかも知れないじゃない」

「あいつは女房の仇《あだ》を討つ気で俺を探し回っているんだろうか」

耕二は硬化した表情をアパートの汚れた窓の方に向けていった。

「そうかもね」

と、小菊は白々《しらじら》しい表情で答えている。

「他人事《ひとごと》のようによくもそんな口がきけるな」

耕二は目に見えぬ恐怖と不安なもどかしさを小菊にぶつけて大声を出した。

「だって、私にどうしろというの」

小菊は薄笑いを浮かべて昂ぶっている耕二の肩に手をかける。

「源造さんから電話がかかってきたからって何もそうおびえる事はないじゃないの。彼がやって来れば男らしく堂々と対決すべきだと思うわ」

「対決？」

「源造さんが女房の仇を討つ気であんたを殺したって一円の得にもならないでしょ。死んだ女房が生き返るってわけじゃなし」

お金で解決するって方法もあるじゃない、と小菊はいうのだった。

「とにかく彼と逢って彼の要求を聞いてみる事ね。彼に逢うのがこわいのなら、警察に自首して出て、身柄を拘束してもらう事ね。でもそれは一番意気地のないやり方よ。あなたの出世もそれで望みなしという事になる」

耕二はこんな場合に小菊がよくも冷静になって自分の判断を下せるものだ、と不思議な気持ちになった。

「くよくよしたって仕様がないわよ。この際、当たって砕けろの気持ちにならなくちゃ」

と、小菊は急に艶然《えんぜん》とした表情になり、両腕を耕二の首にからませた。

「ね、今日は会社を休んで。ね、いいでしょう」

小菊は耕二の茫然《ぼうぜん》としている表情を面白そうに見て、その硬化した頰に熱い接吻を注いだ。

ズルズルと小菊に引きずりこまれた形で耕二は夜具の上へ倒れていく。

「好きよ、好きなのよ」

と、小菊は自失した顔つきの耕二に遮二無二、口吻《くちづけ》を注ぎ込んでくる。

「あなたには私がついているから大丈夫よ。源造さんの事なんかこわがる必要はないわ」

熱っぽい口調で耕二の耳に吹きこむのだった。

――小菊のアパートで捨鉢《すてばち》めいた愛欲の時間を過ごし、耕二が表へ出た時はもう夕暮れであった。

タクシーを拾って自宅付近で降りた耕二の虚脱した表情に夕闇の黒い影が射《さ》している。

建て売り住宅街となっている一隅に耕二はポケットに手を入れながら背中を丸めて入って行った。周囲に映るすべてのものが耕二の目には黒く沈んで見えるようだ。

家の玄関戸を開いて耕二は中へ入ったが電気が消えている。

「雅子」

と、呼んだが妻の返事はない。

買物にでも出かけたのかなと思い、耕二は靴を脱いで床に上がり、居間へ入ったが、途端にギョッとした。卓の上に坐ってこちらを見つめている人影がある。

「誰だっ」

耕二は全身針のように緊張させて叫び、壁のスイッチをひねった。

「あっ」

卓に坐っている男をはっきり見た途端、耕二の全身に慄えが生じた。

源造が坐っている。

冷たい残忍な目をじっと耕二に注ぎかけながら単物を着た源造はそのまま微動もしなかった。

「耕二さんだね」

源造はドスのきいた声を出した。

耕二は半ば気を失いかけている。恐怖の慄えで膝のあたりがガクガク動くのだ。

源造は懐《ふところ》の中に短刀を忍ばせているのかも知れない。今にもその短刀を源造が引き抜いて自分に襲いかかるのでは、そう思うと耕二の背中に冷汗が流れた。

「話し合おうじゃないか。いくら金を出せばいいのだ」

耕二はガタガタ慄えながら必死になって自分を落ち着かせていった。源造は赤黒い顔をくずし、ニヤリと口元を歪めた。

「俺はあんたに可愛い女房をひき逃げされたんだぜ。それを金で解決しようというのかい」

「いや、金ですむとは思っちゃいないが、俺を殺したってあんたの女房が生き返るわけじゃない」

耕二は額の汗を手の甲で拭《ぬぐ》いながらいい、急に畳の上にペタリと坐りこんだ。

「許してくれ。あの時、逃げたのは悪かった。もうあの時は恐ろしさで夢中だったんだ。あれから一日として、あの夜の事を思わぬ日はない。ずっと後悔しているんだ」

耕二は自分で何をいってるかわからない。

「だから、金で解決しようってのかい。ふざけるなっ」

源造は耕二の肩先をいきなり蹴り上げた。

畳の上に転倒した耕二は自分はこの男に殺されるんだと直感し、全身の血を逆流させた。

「手前《てめえ》は俺達夫婦を裏街道に巣くうダニみたいに思っていやがったんだろ。だから、ひき逃げしたってダニ一匹ひねり潰《つぶ》した位に思っていやがったんだ。な、そうだろ」

「そ、そうじゃない。本当に俺は大変な事をしちまったと気が狂いそうになっていたんだ。償わせてもらえるなら、どんな条件でも聞く。許してくれ、源造さん」

半分ベソをかきながら耕二は畳に頭をすりづけるのだ。

「よし、わかった。条件は簡単だぜ」

源造はペコペコ頭を下げつづける耕二をせせら笑って見下ろしながら、

「いいか、俺は手前に女房を奪われたんだ。だから、俺は手前の女房を奪い返す」

耕二はひきつった表情で源造の顔を見た。

「俺の仲間に頼んでもう手前の女房はこっちへ頂いてある」

と、つづけて源造がいったので、耕二の顔からは忽ち《たちま》血の気がひいた。

「俺と女房の実演を手前も見た事があるだろ。女房を手前に奪われて俺の商売は上がったりだ。だから、手前の女房を仕こんで俺とコンビを組み、これから商売を復活させようと思うのさ」

「そ、そんな」

耕二は真っ蒼な顔になって激しく首を振った。

「妻には何の罪もないんだ」

「何だと」

源造は冷酷な色をジーンと目の底に浮かべて、

「じゃ、俺の女房を生かして返しな」

「――――」

「それが出来なきゃ、手前の女房をこちらへ頂くより、仕様がねえよ。理屈は合うだろ。な、耕二さんよ」

源造は茫然自失したような耕二の表情を面白そうに見ていった。

「俺は理屈に合う話をしているつもりだが、それが承服出来ねえというなら――」

源造はいきなり懐に手を入れ匕首《あいくち》を抜き出したのだ。やはり、源造は短刀を持っていたのだ。耕二は悲鳴を上げて畳の上を転がるようにして逃げていく。

「だらしのねえ野郎だ」

と、源造は耕二を足で押えつけて、

「こいつで手前を殺して女房を頂くって事も出来るんだぜ。命が助かるだけ有難《ありがた》く思いやがれ」

源造は畳の上に這いつくばっている耕二の鼻先へ便箋とペンを投げつけた。

「それへ念書として書いて頂こうか」

堀田源造の妻、愛子を殺害したその代償として西川耕二は妻、雅子を堀田源造に譲り渡す事とする――と、源造は念書の内容を口でいった。源造は耕二の妻の名をちゃんと知っている。

「書きな。書かねえかよっ」

源造は短刀をちらつかせて耕二を脅迫する。

源造の女房をひき殺したその代償として自分の妻を源造に提供するなど、そんな不思議な話があるだろうかと耕二は馬鹿馬鹿しい気持ちになる。だが、源造は冗談でいってるのではない。

耕二は源造におどされながら慄える指先でペンを握った。一旦、それを書かねば自分は本当にこの男に殺されるかも知れないという恐怖の戦慄《せんりつ》が身内に走ったのだ。

許してくれ、雅子、あとで必ずお前を迎えに行く、と心の中では雅子に詫《わ》びながら紙の上にペンを動かせるのだ。

「よし、今度は手前が女房を奪いとられた哀しさを味わう番だ」

と源造はいいながら耕二の書いたその奇妙な念書を受け取り、一読して懐の中へしまいこんだ。

「俺はな、二、三日前からこの家の近くをうろついて手前の女房のあとをつけたりしたよ。なかなか別嬪《べっぴん》の女房じゃないか。一生に一度あれ位の女をマゾに仕上げてみたいものだと思ったぜ」

源造はそういって、虚脱した表情の耕二をそこに残したまま玄関の方へ向かっていき、そこで一寸うしろを振り返った。

「その筋へこの事をしゃべるのはよした方がいいぜ。自分で自分の首を緊めるような事になるからな。女を殺した罪と女を奪いとった罪とではどちらが重いか、考えたってわかるだろ」

と、源造はせせら笑いながらいったのである。

檻の中の雅子

源造がS温泉郷の裏通りにある連れこみ旅館、柳川亭に着いたのはその日の深夜であった。

玄関の建てつけの悪いガラス戸を内から開けたハッピ姿の男二人は、

「交渉は成立したかい、源さん」

と、酒気を帯びて頬を火照《ほて》らせている源造の顔を見ていった。

「ああ、うまくいったよ」

と、源造は懐から耕二に書かせた便箋を取り出し、得意そうにハッピ姿の男達に見せびらかす。

「こりゃ驚いたな。こんな取引ってあるのかよ」

「意気地のねえ野郎なのさ」

源造はニヤリとして、

「女はどうした」

「女中部屋だよ。おかみさんが見張っているさ」

この若いハッピ姿の男達は背の高い方を青木といい、小肥りの方は村田といって、近くの温泉ストリップ劇場の従業員だった。

源造の今度の仕事に力を貸し、耕二の妻の雅子を東京からこの柳川亭に拉致《らち》して来たのだ。

「女をここまで連れこむのには苦労したよ。亭主が交通事故を起こしたからといって車に乗せたまではよかったが、東京からここまでは三時間はかかるからな」

途中で雅子が変だと気づき出し、暴れ出したのをナイフでおどかしながらやっとここまで連れこんだのだ、と青木と村田は源造に説明する。

「すまなかったな。とりあえずここに十万ある。二人で分けてくれ」

と、源造は封筒に入った金を青木に渡した。

「十万円ねえ。源さんが十万もの大金を持っているなんて一寸信じられないな」

青木がそういうと、村田は表戸を閉めて鍵をかけながら、

「愛ちゃんの死亡保険金が三百万円も源さんにころがりこんだのさ。考えりゃ、愛ちゃんは

生きている間も死んでからも随分源さんに尽したものだ」

といって笑うのだった。

源造はそれに応えず、狭い廊下を通って奥の女中部屋に行く。そこは六畳一間の広さで、今は物置部屋となって隅にはこわれた椅子や円卓が重ねてあった。

その部屋の中で、ここのおかみである辰子がシーツにアイロンをせっせと当てている。

「あ、源さん、帰って来たのかい」

辰子は青木や村田と一緒に入って来た源造を見てアイロンのスイッチを切った。

辰子は四十二、三の年齢だが、昔はこの温泉場で枕芸者として荒かせぎをしていた故《せい》か皮膚は乾き、頬骨はでっぱって鬼婆という仇名《あだな》を若い衆につけられている。

「女はどこにいるんです、おかみさん」

と、源造はキョロキョロ周囲を見回して辰子にいった。

「ここよ、源さん」

辰子は目を細めて笑い、押入れの襖《ふすま》を開いた。

「ほう」

と源造は鉄格子のはまった押入れの下段を見て感心したような声を出す。

押入れの中に作られた檻の中に和服姿の雅子がかっちり後手に縛り上げられ、豆絞りの手拭で猿轡《さるぐつわ》をされて閉じこめられているのだ。

雅子は紫の濃淡を綾にした色香のある落ちついた着物に山吹色の帯をしめている。

押入れの襖が開かれると雅子はハッとしたように猿轡をかまされた面長《おもなが》の端正な顔を上げ、切れ長のしたたるように美しい瞳に憎悪の色をはっきりと滲《にじ》ませながら、のぞきこむ源造とハッピ姿の男二人を睨むのだった。

「いい女じゃないか、源さん」

と、辰子がアイロンやシーツを取り片づけながらいうと、

「ああ、俺はこの女に夢をかけるんだ」

と、源造は押入れの檻の中に閉じこめられた雅子にうっとり見惚《みと》れながらいうのである。

「源さん、あんた、本当にこの奥さんを愛ちゃんのかわりにするというのかい」

「ああ、この奥さんの亭主ともちゃんと話をつけてきたんだ」

源造が辰子にそういうと後手に縛り上げられている雅子はビクッと全身を慄わせた。

しっとり濡れたような雅子の瞳がショックを受けて大きく見開かれている。

「だが、押入れの中に檻があるってのは、こりゃ、どういうわけなんだよ。おかみさん」

源造がふと話をそらせて辰子に質問すると、

「以前、手くせの悪い女中がここにいてね。そいつを折檻するためにわざわざ大工に押入れ

牢を作らせたんだよ」

と辰子は源造に煙草をすすめながらいった。

「仲々いい思いつきだよ。こりゃ気に入ったな」

その鉄格子の中に閉じこめられている雅子は押入れの下段であるから勿論《もちろん》立つ事も出来ず膝を揃えてぴったりと正座している。

「な、おかみさん。この部屋を俺にかしてくれないか」

源造は月極《つきぎ》めいくらでこの部屋をかりたいといい出したのだ。

「ここでこの女と世帯《しょたい》を持ちたいんだよ。実演の練習ならここで充分出来るし」

緊縛された雅子はすっかり色を失い、猿轡をかまされた面長の美しい顔も強張《こわば》っていた。

「いいわよ、こんな部屋でよければ」

辰子がいうと源造は子供のように悦び、ふと檻の中でおびえ切っている雅子に目をやって、

「よし、この奥さんにも因果を含ませなきゃいけねえな」

源造は辰子に鍵をかりて鉄の扉を開き出した。

「さ、奥さん、出て来な」

源造は雅子の襟首に手をかけて檻から畳へ引っ張り出し、猿轡を外した。

畳の上に突き飛ばされた雅子は倒れた身体を激しく身悶えさせて上体を起こさせる。裾前《すそまえ》

ははね上がって赤や白の媚めかしい下着の類《たぐい》が畳の上にひるがえった。

「一体、私をどうしようというのですっ」

雅子は周囲を取り囲む男達に眉を上げ、歯を喰いしばった表情で睨みつけている。

「今、聞いただろ、奥さんは今日から俺と世帯を持つんだよ」

「ど、どうしてですっ、あなたは気が狂っているのですか。何が目的で私をこんな所へ連れこんだのか、はっきりわけを聞かせて下さいっ」

雅子は昂ぶった声で源造にいった。

雅子の線の綺麗《きれい》な頬には涙が一しずくしたたり落ち、それがまた男心を何か溶かせるような情感を感じさせる。

「はっきりいうと、お前さんの亭主から俺はあんたを譲り受けたというわけさ」

「なんですって。冗談はよして下さいっ」

「冗談じゃねえ」

源造は懐から耕二の書いた念書を取り出し、雅子の目の前に押しつけた。雅子の顔はみるみる内に蒼ざめ、硬化した頬のあたりが痙攣《けいれん》する。

「あんたの亭主は俺の女房を車でひき殺しやがったんだ。これは当然の処置というところだぜ」

源造の妻を殺害したその代償として耕二は妻、雅子を源造に譲り渡す事にする、というその恐ろしい文面はたしかに愛する夫の筆跡であった。

「信、信じられませんわ」

と、雅子が声を慄わせていい、その恐ろしい一文からさっと顔をそらして嗚咽《おえつ》し始めると、

「信じるも信じないも、俺の女房があんたの亭主にひき殺されたのは事実なんだ。はっきりした証人もいるんだぜ」

こうなりゃ、何もかも話してやるが、と源造は白い半襟からくっきり浮かび上がった雅子の艶《つや》やかなうなじをぞくぞくした思いで見つめながら、

「その証人ってのは、その時、あんたの亭主の車に乗っていた小菊というこの温泉場の芸者なんだ。今、あんたの亭主はその小菊を妾にしているんだが、あんたはそれを知っているのかい」

と、いうと、雅子は耐えられなくなったように声をあげて泣き出した。

温泉場の出張から戻って来てから耕二が妙に落ち着かず、そわそわしていた理由がようやくわかったような気になったのである。

「ついでにこいつもしゃべってやらあ。現場を目撃した小菊、そして今、耕二の妾になっている小菊、そいつはな、俺とは腹違いの妹なんだ」

だから、何でもこっちには包まず話してくれらあ、といって源造は声をあげて笑い出すのだ。

「源さん、何でもそうベラベラしゃべってしまっていいのかい」

と、辰子が煙草を燻《くゆ》らしながら苦笑していう。

「いいさ。もうこの女は今日から俺の女房なんだ。何の気がねもいるものか」

源造は再び目をすすり泣く雅子の方に向けて、

「これで納得がいっただろ。小菊は東京のパリッとしたサラリーマンに憧れているんだ。小菊は耕二って野郎のどこがいいのか知らねえが惚れちまっている。すると、耕二の女房が邪魔になるのは当然じゃねえか」

雅子は麻縄で縛り上げられた身体を二つ折りに曲げ、肩を慄わせて泣きじゃくるだけであった。

「さ、わかったら着ているものは全部脱ぐんだ」

いきなり源造がそんな事をいい出したので雅子はハッとして泣き濡れた顔を上げた。

「俺の商売は白黒実演のショーだ。その相手役は女房のあんたがこれからは勤める事になる。早速、今夜からみっちり稽古に入ろうじゃないか」

雅子は気が遠くなりかけた。何か源造に毒づこうとしても舌がもつれてしゃべれない。

「段々とわかるが俺は生まれつきサディズムとかいう病気を持っているんだ。死んだ愛子も最初は芸を覚えるまで素っ裸で物置に閉じこめたまま一歩も外へ出さなかった」

お前さんも愛子と同じようにスパルタ教育でいくぜ、と源造はいい、青木にすすめられる一升瓶の酒をコップに受けて一息に飲み乾《ほ》すのだった。

「お前達、この女の肌が見たくてさっきからここに居すわっているんだろ」

と、源造は笑いながら青木と村田に声をかけた。

「まあ、そういうわけだね」

と、青木は舌を出していった。

「毎日、ブタみたいな顔つきの田舎ストリッパーを見て暮らしているんですからね。こんな東京の美しい、しとやかな人妻の素っ裸が見られるとなりゃ、帰れといったって帰られませんよ」

村田もニヤリと白い歯を見せるのだった。

「よし、それじゃ、その奥さんを丸裸にしろ。場合によっては裸だけじゃなく、臓物まで見せてもらえるかも知れんぞ」

源造のその言葉に村田と青木は勢いづいて立ち上がり、ガクガクと恐怖に慄えている緊縛された雅子に襲いかかっていった。

ったた。

柔媚《じゅうび》な裸身

一旦、雅子の縛《いまし》めを解いた青木と村田は雅子の着物を剝ぎとるべくその場へ押し倒していった。

「な、なにをするんですっ」

雅子は悲鳴を上げて二人の男の手の中で暴れ回る。紫地の着物の裾は大きくはね上がり、水地の湯文字《ゆもじ》の裾までぱっと畳の上へ媚めかしい色を流した。

「そんな贅沢な着物はもういらねえ。下着から腰巻まで一枚残らず剝ぎとってしまえ」

と、横から叫び上げる源造の目はサディストの冷酷な光をもう滲ませている。

「嫌っ、やめてっ」

雅子は狂乱したように暴れたが、帯じめから帯どめ、それに幾本もの腰紐が二人の男の手で次から次に取られていき、山吹色の帯の一端を青木が力一杯たぐると雅子は畳の上に横倒しにされたまま二転三転して転がっていく。

帯が引き抜かれ、紫地の着物が肩から剝ぎとられ、雅子は白地に桜桃を散らした色っぽい長襦袢になって必死に男の手をかいくぐりながら逃れようとしている。

「もう逃げられっこないさ」

青木は背後から雅子の肩をわしづかみにし、素早く伊達巻を解き始めていく。

長襦袢も遂に男達の手で剝ぎ取られ、水地の媚めかしい湯文字だけにされてしまった雅子はもう抵抗する気力も失せたように形のいい両乳房を両手で覆い、その場に小さく身を縮めてしまったのだ。

乳色の艶やかな雅子の裸身を目にした源造は、ほう、と目を瞠《みは》った。

想像していた以上に雅子の裸身は光沢のある冴えた美しさを持っていたし、背中の線も悩ましく女っぽい成熟味を持っている。

「綺麗な身体をしているじゃない」

と、辰子も喰い入るような視線で半裸にされた雅子を見つめ、

「こんな美人で身体の線の綺麗な奥さんとコンビを組めば源さんの商売は大当たりをとるよ」

と、いうのだった。

「おかみさん、これから何かとおかみさんには世話にならなきゃならないんだ。この女の土産物としてこの着物はおかみさんに差し上げますよ」

源造は畳の上に散乱している雅子の着物や下着をかき集め、辰子の膝の上へ乗せ上げるのだった。

「そうかい。すまないねえ、こんな立派な着物を頂いちゃってさ」

辰子はホクホクした表情で、ついさっきまで雅子が身にしていたあでやかな着物や長襦袢を手にとり、目を通している。

「早速、これ、タンスにしまって来るよ」

と、両手にかかえた着物と一緒に立ち上がった辰子を、乳房を覆って縮かんでいる雅子は滑らかな白い頬を涙で濡らしながらも口惜しげに見つめるのだった。

「待ちなよ、おかみさん」

と、源造は辰子を呼び止め、

「まだ、残っているぜ」

と、源造は縮かんでいる雅子を顎《あご》で指していった。

「奥さん、ついでだ。その白足袋《しろたび》から腰巻もとっておかみさんに差し上げな。これから色々とおかみさんには世話にならなきゃならねえからな」

村田と青木が雅子のそれを剝ぎとろうとして近づいてくると、雅子はうろたえ気味に湯文字の紐のあたりを手で押えた。

「後、後生です。せめてこれだけは身につけさせて下さい」

と、雅子は泣きじゃくりながら腰のあたりに手をかけて来た村田と青木にさからって身体をねじった。

「駄目だ。身体につけているものは皆《み》な脱ぎな」

と、源造は鋭い声を出した。

「当分、この檻の中で素っ裸で暮らすんだ。その間にたっぷり稽古をつけてやるからな。まあ、何でも修業だと思う事だな」

あっと雅子は青木に無理やり湯文字を剥がされて悲鳴をあげる。

「あいよ、おかみさん」

と、青木は手に奪いとった湯文字を辰子の方へほうり投げた。

雅子の肌身に残っているのは和服用の薄いパンティ一枚だけで、雅子はその場に猿のように小さく身を縮ませ、胸の隆起を両手で必死に覆いながら身も世もあらず悶え泣いている。

「その腰に残っているものも脱ぐんだ。生まれたままの姿になるんだよ」

源造は相手が苦痛に泣き羞恥に身を悶えればそれだけ嗜虐の昂ぶりが激しくなっていくらしい。

「ま、いいじゃないの。それ位」

と、辰子が今、雅子から引き剝がした湯文字も雅子の衣類と一緒に抱きかかえて薄笑いしながら源造にいうと、

「駄目だ。愛子の時もそうだったが当分は素っ裸のままで暮らさせてやる」

それも愛子を殺された事に対する一種の復讐なのだろう。源造は懐から匕首を抜き出して悶え泣く雅子の前にブスリと突き立てた。

「俺のいう事にさからうとその綺麗な身体をズタズタに切り刻むぜ」

何しろ俺は手前の亭主に女房を殺されて気が立っているから何をするかわからないぞ、と源造がおどすと、雅子はブルブル全身を慄わせながら華奢《きやしゃ》な白い指先を腰に持って行きパンティのゴムに手をかけるのだった。

嗚咽にむせびながら腰を動かすように薄いパンティを雅子は自分の手で脱ぎ出している。取り囲むようにしてそれを見つめている青木達はごくりと生唾《なまつば》を吞みこんだ。

足首からパンティを抜きとって慄える手でそれを畳の上に置き、雅子は立膝に身を縮めながら両手で顔を覆い、白磁の肩先を震わせている。

「フフフ、何だか可哀そうね。ここへ来た途端、こんな目に遇《あ》わされちまって」

辰子は源造にほうり投げられた雅子のパンティまで拾い上げて衣類の上にのせながら、

「でも、これではっきり諦《あきら》めがついたでしょ。ここは東京から随分と離れた温泉場、そこの

地獄宿で奥さんは身ぐるみ剥がれてしまったのよ。もう逃げられっこないでしょう」

と、遣り手婆《やりてばば》のように意地悪な目つきになり、ネチネチした口調でいうのだった。

「ハハハ、素っ裸にされちゃ、もうどうしようもないね」

「ここは地獄の一丁目という事か」

青木と村田は雅子の一糸まとわぬ素っ裸を喰い入るように見つめながら哄笑《こうしょう》している。

「こいつでもう一度、縛り上げてくれ」

と、源造は畳の上に落ちている麻縄を拾い上げ、青木の方にほうり投げた。よしきた、と青木と村田は身体を縮ませ泣きじゃくる雅子の両肩に手をかけ、ぐいと上体をひっぺがしたのだ。

素っ裸にされた上に男に麻縄で縛り上げられるという羞恥や屈辱も今は考えるゆとりさえない。

魂まで凍りつかせて雅子は華奢な白い両手を背後にねじ曲げられていき、艶やかな背中の中程にその両手首を重ね合わした。青木と村田は麻縄を手にし、ヒシヒシとそれを縛り合わせていく。

「フフフ、源さんの嬉しそうな顔」

雅子の衣類を残らず抱きかかえてそこに立つ辰子は源造の喜色《きしょく》を浮かべた顔を見て笑い出

した。

妖しい程の白さを湛《たた》えている優美な裸身を後手にかっちりと縛り上げられた雅子はすっかり観念したように深く首を垂れさせている。その雅子のおくれ毛をほつらせた艶っぽいうなじのあたりを源造は美しい花を見つめるように陶然《とうぜん》とした表情で眺めているのだった。この女にマゾの悦びを教えてやる事の出来る果報を源造はじっと嚙《か》みしめているようである。

「よし、あとは俺達二人を水いらずにしてもらおう。今夜はつまり、初夜の晩ってわけだ」

源造は村田と青木をこの部屋から追い出そうとする。二人は口をとがらせた。

「源さん、そりゃ殺生《せっしょう》だよ。あんたは実演が商売じゃないか。見物ぐらいさせてくれよ」

「いけねえ、まだ、奥さんは素人《しろうと》だぜ。お前さん達が見ていちゃ身体が石みてえに硬くなって気分がのらねえよ」
二、三日たてば御披露するから、今夜は引き揚げてくれと源造はいうのだ。
「源さんのいう通りさ。今日は初夜じゃないか。二人きりの時間を過ごさせてやろうよ」

辰子はそういって、青木と村田をうながし、

「一本つけるからこっちへいらっしゃいよ」

と、先に部屋から出て行った。そのあとについて未練ありげにうしろを振り返りながら二人の男も出て行くと、源造は襖をぴしゃりと閉めて、一升瓶の酒をコップに注《つ》ぎ始めた。

生まれたままの裸身を麻縄で後手に縛られた雅子は立膝に身を縮めたまま微動もしなかった。

源造はコップ酒をゆっくり口に運びながら緊縛された雅子のねっとり冴えた柔媚な裸身に充血した目を向けている。

「どうだい、奥さん、今夜、お前さんは俺の女になるんだが、決心はついたかね」

源造がそういうと、深くうなだれていた雅子はそっと顔を上げ、涙をねっとり滲ませた美しい黒目を源造の方に向けた。

「お、お願いです。一度、主人に電話をかけさせて下さい」

「電話をかけてどうするっていうんだ」

「主人の本心を聞いてみたいのです。私、どうしても信じられません。主人があなたのような人に私を譲り渡すなんて」

雅子は涙に濡れた柔らかい睫毛を哀しげにしばたかせてそういうのだ。

「あなたのような人とは御挨拶だな。だが、さっき見せた念書のように俺のいう事は嘘じゃねえ」

源造は押入れを開け、その上段に積み重ねてある古びた夜具を畳の上に投げ出した。

「電話はいずれかけさせてやるさ。今夜はたっぷりと夜明けまで楽しもうじゃないか」

源造は雅子の怯《おび》えた表情を楽しそうに見ながら着物を脱ぎ始めるのだった。褌《ふんどし》一つになった源造の赤銅色《しゃくどういろ》の肌を目にした雅子はあわててそれから視線をそらせ、柔媚な頬を赤く染め始めている。

「ハハハ、俺のこいつは千軍万馬の逸品だぜ」

源造は褌もとって雅子の前にそのたくましい赤銅色の裸をずかずかと近づけた。

「おい、これを見ろよ」

源造は雅子の白磁の肩に両手をかけて強く揺さぶった。

ふと、目を開いて源造の股間をまともに見てしまった雅子は思わず、あっと声を上げ、羞恥と狼狽《ろうばい》に真っ赤に染まった顔をねじるように横にそむけた。鉄のように硬化した巨大なもの、それは人間のものとも思われず、雅子は恐怖のため歯をカチカチと噛み鳴らした。

どうだい、と源造はまるで雅子の頭に突き刺すようにそれを一直線に近づけてくる。「あっ」と雅子は反射的に緊縛された裸身をうねらせて立ち上がり、部屋の隅へ走った。

「嫌っ、近寄らないでっ」

雅子は逃げ場を失って壁を背にし、必死な目をニヤニヤして近づいて来る源造に向けている。

後手に縛り上げられた一糸まとわぬ裸体をまともに源造の方に向けながら、悲痛な表情になっている雅子――そのしなやかで肉の緊まった裸身は見事に均整がとれて、麻縄に緊め上げられている白桃に似た乳房も目に沁《し》み入るような美しさだが、腰つきにせよ、太腿にせよ、如何にも女っぽい官能味を盛った悩ましさを満たしている。また、その柔軟な腿と腿との間に盛り上がっているふっくらとした漆黒《しっこく》の繊毛は何ともいえぬ婀娜《あだ》っぽさを滲ませているのだ。

「綺麗だ。実に見事だ」

と、源造は雅子の美麗な裸身の正面を生唾を呑む思いで凝視しながら、更に一歩近づき、

「奥さんと俺は今夜ここで夫婦になり、これから息の合った実演コンビを誕生させるんだ」

さあ、何時までも怖がらずにこっちへ来な、と源造はいきなり雅子につかみかかった。必死になって逃げようとする雅子の縄尻を源造はひったくるように手にとった。

「ああ、誰か来てっ」

と、雅子は狂気したように首を振ったが、源造のたくましい両腕に忽ち引き寄せられ、横抱きにされてしまったのである。

夜具の上へ投げ出された雅子は緊縛された裸身をすぐにひねって俯せようとする。

「そうじたばたされると少々手荒な真似をしなきゃならねえ」

源造はそういうと必死になって俯せに身を縮めようとする雅子をひっぺがし、いきなり火

照った雅子の頬をぴしゃりと平手打ちした。あっと雅子は悲鳴を上げたが、そこをすかさず源造はぴったりと添い寝していき、雅子の首の下へ片手を差し入れ、片手を麻縄で緊め上げられた形のいい乳房の上へ乗せていく。

「お、お願い、やめてっ」

「もうやめては通用しないさ」

源造は雅子ののたうたせる下肢を取り押えようとし、雅子の形のいい一方の足に自分の足をからませてぐっと横へ割り開かせていった。

官能の夜

憎悪、いや、もっと強烈な火の玉に似た口惜しさ——雅子は源造にがっちり抱きしめられ、体を割り裂かれていきながら毛穴から血の出るような屈辱に奥歯を噛み鳴らしていた。

夜具の上へ仰向《あおむ》けに倒された雅子の首の下へ源造は手を差し入れ、麻縄に固く緊め上げられている乳房を強く押えこんでいる。

必死にのたうたせる雅子の片肢に源造の毛むくじゃらの片肢が巻きつき、ぐっと割り裂かれて雅子の身動きは完全に封じられてしまった。

「もう悪あがきはよしなよ」

源造はせせら笑って、片手で雅子の光沢のある滑らかな鳩尾《みぞおち》から腹部のあたりを撫《な》でさすっている。

「ああ、や、やめてっ」

源造が唇を求めてぐっと顔を押しつけてくると雅子は狂乱したように激しく左右に首を振った。

「愛子の時も最初は散々、俺を手古《てこ》ずらせやがった。俺はむしろ、手古ずらされた方が張合いが出るんだよ」

源造はたっぷり余裕をもって雅子に迫っていく。しかし、雅子の光沢を持つ陶器のような肌の色、ふっくらと形よく盛り上がった柔らかい乳房、想像していたよりも官能味を湛えた美しい裸身に源造は有頂天になっている事は事実だ。

ううっ、と雅子は源造に強く乳房を揉み上げられると獣のようなうめきを洩らして緊縛された裸身を激しくくねらせた。

こんな悪鬼のような男の自由にされてたまるか、といった血走った気分で必死に身悶えるのだったが、麻縄に緊め上げられた一方の乳房に源造が触れると嫌悪と恐怖の慄えが全身に生じて雅子は艶やかなうなじをぐっとのけぞらせ、悲鳴に似たうめきを上げた。

乳頭が源造の唇で強く吸い上げられ、源造の片手は雅子の滑らかな腹部から成熟味を盛った太腿の方にじわじわじわと移行している。

説明のつかない被虐性の甘いうずきが下腹部の方にこみ上がり、その感触を必死になって振り払おうとし、雅子は全身を突っぱねるようにした。

「そう意固地にならなくたっていいじゃないか、ええ、奥さん」

源造はニヤニヤしながら遂に柔らかい漆黒の繊毛に指を触れさせていく。

「嫌っ、ああ、嫌っ」

「いいから、いいから、おとなしくしな」

源造は駄々っ子をあやすような口ぶりで最後のあがきを示す雅子を追い上げていくのだ。

それは薄皮を剝がすように指先で押し開かれていく。舌足らずの悲鳴を上げる雅子はしかし、その部分から背骨にかけて鋭い快感がこみ上がり、美しい眉根《まゆね》をギューとしかめてその感覚と戦い出した。

「そら、もうこんなになっちゃってるぜ」

「ああ、け、けだものっ」

雅子は真っ赤に火照った顔を振り回して甲高《かんだか》い声をはり上げた。骨太の源造の指先は雅子の柔肌《やわはだ》を自由自在に愛撫し始めている。

雅子の狂ったような身悶えは次第に力無さを帯び始めてきた。

甲高い悲鳴は熱っぽい喘ぎにかわり出す。

しとどにあふれる甘い果汁は源造の巧みな指さばきでとどまる事を知らない。

源造はどんな女でも自分にかかればすっかり燃え上がるものだという自信を持っていた。最初の抵抗や反発などそれは女の形式に過ぎないと思っている。

寸時の後には、雅子はすっかり城門を広げきったように悦楽の宝庫を源造の目に赤裸々に示すようになっていた。

源造は雅子を激しく愛撫しながら恍惚とした表情になっている。

もう雅子は自分の運命をすっかり諦めたように甘い身悶えを演じ、切なげな鼻息を洩らすようになっていた。雅子は全身の肉をすっかり燃え上がらせている。我を忘れて矢玉の降る中へ飛び出していったように半ば捨鉢となり、白熱した感覚の中に深く浸りこんでいるのだ。

そこで源造はぐっと身を乗り出していき、雅子の唇に唇を押しつけようとする。

二度三度、激しく首を振ってそれをさけた雅子だったが、それも一瞬の事で抵抗の意志がくだけた雅子は源造の分厚い唇をぴったり唇に重ね合わされてしまうのだった。

あとはもう源造に翻弄《ほんろう》されるがままになる雅子であった。

雅子の濡れた甘い舌先を充分に吸い上げた源造は全身痺れたようになってしまった雅子につながろうとする。女の身体の取り扱いに手馴《てな》れ、また自信のある源造は忽ち雅子を自分のペースに巻きこんでいく。この野卑な男には雰囲気もいらなければ口説きも不必要であった。

「嫌っ、嫌っ嫌っ」

と、雅子は最後の気力を振り絞るようにして泣き叫び、乱れた黒髪を左右に揺さぶって緊縛された裸身をうねらせた。巨大な矛先《ほこさき》から逃れようとして腰部を悶えさせ、それを幾度もそらせたが、むしろ源造の官能の火に油を注ぐようなものであった。

「そうじらすんじゃねえよ」

源造はゲラゲラ笑いながら雅子を押えつけ、無理やり二肢を割り開かせて膝のあたりを自分の膝で押えつける。

薄紅色の女体が息づいている。さも柔らかそうな下腹部が何かを求めているようだ。

「これでおめえは俺の女になるわけだ。これからは仲良くやっていこうじゃないか」

源造はニヤリと片頬を歪めて覆いかぶさっていく。

うっと雅子は火のように上気した顔をねじ曲げるように横に伏せた。

「あ、あなたっ」

夫の耕二の面影が一瞬、脳裡をかすめ、雅子は昂ぶった声をはり上げる。

火のようになった体が触れるのを知覚した雅子はこの世の終わりが来たような恐怖と苦悩、そして、名状の出来ぬ激烈な快美感を同時に受け取ってひきつった声をはり上げたのだ。

源造はそのまま雅子の汗ばんだ肩に手をかけてぐっと上体を起こさせた。二人は全裸の体を寄せ合ったまま、源造は羞恥と狼狽と悦楽にのたうつ雅子を冷静に観察しつつ、かすかに全身を慄わせていた。

雅子は今まで味わった事のない被虐性の激烈な快美感に酔い痺れて目がくらんだ。

そして、声を上げて泣きじゃくり、泣きじゃくりながら源造の反復運動に巻きこまれていく。

いくら源造から身を離そうともがいてもくさびを打ちこまれるようで、金縛《かなしば》りに遇ったようにびくともしない。もう行きつく所まで行きつかねばならないといった進退極まった感じであった。

そんな被虐性が一層、雅子の性感を異様なまでに昂ぶらせる事にもなる。

「やっとこれで夫婦になれたんじゃねえか。ええ、何か感想を聞かせなよ」

源造は後手に縛り上げられた雅子を強く抱きしめて自分の方に引きこみながら北叟笑《ほくそえ》んでいる。

「亭主に申し訳がないと思っているのかい。あんな意気地のねえ野郎の事はさっぱりと忘れな」

源造は火照った雅子の頬に頬ずりしながら楽しそうにいった。

雅子は熱い涙をしたたらせながら源造に頬ずりされ、わなわな唇を慄わせて、

「ああ、いっそ、いっそ、私を殺して」

と、哀しげな声音でいった。

「何をいうんだ。こんな楽しい思いを一度だって亭主が味わわせてくれた事があるかい」

その内、おめえの身体は俺なしにはやっていけなくなるさ、と源造は笑いながら動きに激しさを加え始めた。

雅子は自分の燃えさかった肉体が絶頂寸前にまで追いつめられて来たのを知って泣きじゃくりながら首を振った。

こんな野蛮人にいたぶられて頂上を極めなければならぬ口惜しさ——しかし、巨大な矛先で鋭くえぐられる恐怖を伴った快美感は背骨を貫き、頭の芯まで痺れさせてしまうのだ。

雅子の背中の中程でかっちりと縛り合わされている手首は汗で濡れ、麻縄まで濡らしているのだが、源造は片手でそれをつかみ、片手で雅子の官能的な双臀を押えこんで一途になって攻撃に拍車をかけ始めたのである。

嫌っ、こんな男に自分の狂態を見られたくはない、と雅子は歯を喰いしばった。

しかし、もう自分の意志ではどうにもならない境地にまで雅子は追いつめられてしまっている。

「ああっ」

と、雅子は耐え切れずにいきなり源造のごつい肩へ嚙みついた。下腹部がカッと熱気をもってくる。

源造は強く肩先を嚙まれても眉一つ動かさず、ゆっくりと雅子の顔を元へ戻させながらぴったりと唇を重ね合わせ、手馴れたソツのなさで雅子に頂上を極めさせるのだった。

「ううっ」

と、雅子は源造に強く唇を合わせながら生々しいうめきをくり返している。

雅子の熱っぽい鼻息、両腿のひきつったような痙攣、そして、奥深い吸引力——源造は魂まで痺れさせて相次ぐ雅子の発作を全身で味わっているのだ。

裸の修業

源造は夜具の上に俯せになってシクシクすすり上げている雅子を満足そうに見つめながら

茶碗酒を飲んでいる。

いまだに後手に縛られたままの雅子はくの字に身体を折り曲げて薄汚れた夜具の上に顔を埋《うず》めているのだ。

「充分、いい思いをしたんだろ。何もメソメソ泣く事はねえじゃねえか」

源造は俯している雅子に近寄って脂汗をねっとり浮かべた肩先に両手をかけるのだった。

乱れ髪を火照った顔半分にもつれさせ、雅子はたった今、肉体を溶かされた悦楽の残り火と胸も裂けるばかりの屈辱感の間をさ迷っている。

「一度位の満足じゃ物足りねえだろう。今夜は骨の髄まで溶けさせてやるさ」

源造はそういって自分のものを指さし、

「俺の方はまだ満足してないのだよ。さ、これから第二ラウンドの開始だ」

と、ぐったりと顔を伏せる雅子を無理やり自分の方に引き寄せるのだ。

「ああ、もう堪忍して下さい」

と、嗚咽と一緒に雅子が哀願すると、

「これ位で音《ね》を上げちゃ俺の女房が勤まらないぜ」

と、源造はせせら笑った。

「俺は色事には普通、三時間から四時間はかけるんだ。五回以上、女を満足させねえと色事を致した気分にはならねえ」

雅子は源造に抱きしめられたが反発の気力はない。そのまま、仰向けに倒れていく源造の上へ覆いかぶさるような形で自分も倒されていき、再び肉体をえぐられていった。このまま心臓が破裂していっそ死ねないものか、と雅子はそんな捨鉢の気持ちで源造と呼吸を合わしている。

俺は女を悦ばす事にかけては名人だといいたげな自信たっぷりの源造の行為にふと敵意を燃やし、反発するものの忽ち源造の技巧に肉体の芯まで揉みほぐされ、悲鳴に似た声をあげて絶頂へ追い上げられてしまうのだ。

後手に縛られた手の感覚も痺れ切り、時を告げても源造は縄を解いてくれようとしなかった。

雅子は泣きわめいてもう解放してくれるように哀願したが、源造は許さず、あらゆる体位を組んで激しい反復運動をくり返すのだった。何度目かの失神状態に陥り、ふと、気づくと雅子はただ一人、夜具の上に仰向けに寝かされていた。

縛めは解かれていたが、一片の布も許されぬ素っ裸、二肢をあられもなく左右に割り開いた形で仰臥している自分に気づき、雅子はハッとして身を縮ませた。

上体を起こそうとすると身体中の節々が痛む。

腰には鉛の弾をぶちこまれたような鈍痛が尾をひいていた。

野卑で卑劣な源造に凌辱《りょうじょく》の限りをつくされたのだと思い知ると雅子は素っ裸のまま両手で顔を覆って号泣《ごうきゅう》し始めた。その時、襖が開いてこの旅館のおかみである辰子が顔をのぞかせた。

「おや、気がついたのかい、奥さん」

頬骨の出張った辰子は薄いせんべい布団の上で身を縮めている雅子を見ると意地の悪い微笑を口元に浮かべた。

「源さん、奥さんがお目覚めだよ」

辰子は廊下の方を振り返って声をかけると一風呂浴びていたらしい源造が浴衣がけでさっぱりした顔つきを見せた。

「今日からおめえはこの中で当分暮らすんだ」

と、源造はいい、押入れを開けて中にはめこまれている檻の扉を開いた。

乳色の光沢を持つ裸身を小さく縮めて哀しげな目をしばたかせている雅子に源造は荒々しい声を出した。

「モタモタせずさっさと入らねえか」

素っ裸の雅子を源造は檻の中へ押しこもうとするのである。

「お願いです。何か身につけるものを――」

涙ぐんだ顔を上げる雅子に対して、

「ぜいたくいうな」

と、源造は叱咤《しった》し、

「愛子だって丸裸のまま何日も檻の中へ投げこまれていたんだ。これも修業だと思え」

というと隅に投げ出してある黒鞄の中から皮鞭を取り出して畳を力一杯、威嚇的にひっぱたいた。

「さ、入らないか」

雅子は嗚咽しながら押入れに向かって進み、身をかがませて檻の中へ入って行く。四つん這いになって檻の中へ入って行く雅子の張り出した官能的な腰部と婀娜っぽい双臀を見て源造は口元に薄笑いを浮かべた。

「これで愛子の仇討ちがようやく出来たって気分だよ、おかみさん」

源造は辰子の方を見て黄色い歯を見せた。バタンと檻の扉をしめて源造は鍵をかけた。

立つ事も出来ぬ狭い檻の中で雅子は立膝に身を縮め、両手で両乳房を抱きながら肩を慄わせて泣きじゃくっている。それを源造は辰子と一緒に小気味よさそうに眺めているのだ。

「息の合ったコンビを組めそうかい、源さん」

と、辰子がいうと源造は顔を崩して頷《うなず》いた。

「締まり具合もまずまずといった所だが、練習次第で極上品になるかも知れねえ」

「とにかくこれだけの器量よしなんだからきっと評判になるよ」

「これなら柳川亭のお辰さんがスポンサーになっても損はない話でしょう」

源造は檻の格子に手をかけてすすり上げている雅子をのぞきこみ、

「おめえと俺とはこれで夫婦の契《ちぎ》りを結んだわけだ。これからはお互いに仲良くやっていこうじゃないか」

と、楽しそうにいうのだった。

「これでおしもの方をよく拭《ふ》いておくんだよ」

と、辰子は帯の間から薄紙の束を抜きとって格子の間から雅子の白い膝元に投げつけた。

「五度目にぴたり一致させてやったらおめえは悦び過ぎて気を失っちまったぜ」

源造はゲラゲラ笑って、

「俺のは人一倍、量が多いからな。びっくりしたんじゃねえか」

辰子が吹き出している。

檻の中の雅子はあまりにも自分がみじめになり、赤らんだ顔をさっとねじってガリガリ全身を慄わせながら号泣するのだった。

調教開始

雅子は源造と辰子が引き揚げていったあと、虚脱した表情になって檻の中に正座していた。

近くの部屋で源造は青木や村田達と酒を飲み合って馬鹿騒ぎをやっているのだろう。唄声に合わせて茶碗をたたく音などが聞えて来る。

見知らぬ土地へ拉致され、着物を奪いとられ、生まれたままの素っ裸のまま檻の中へ閉じこめられてしまった哀れな自分――そしてあの悪鬼のような男に凌辱の限りを尽されたみじめな自分――もう私は取り返しのつかない身体にされてしまったのだと雅子は暗い運命的なものを感じとっているのだった。

こんな残酷な仕打ちを何故《なぜ》、私は受けなければならないのか、雅子は頬を伝わって流れる涙を指先で拭った。

ふと、雅子は自分の股間に泣き濡れた目を向ける。下腹部のその部分に柔らかく盛り上がっている漆黒の繊毛、それは先程、あの悪魔のような男に無残に踏みにじられたのだと思うともう自分のものではなくなったように感じ、雅子は見るに耐えられない思いとなって思わず視線をそらせた。辰子の投げ捨てていった懐紙《かいし》が目に入ったので雅子はおずおずと周囲を見回しながらそれを手にする。粘っこくて陰湿なその気色《きしょく》の悪い感触を早く拭い取ろうとしてそれを股間に当てた。

くさったチーズのような強い匂いを持つ男性のそれが粘っこい感触であふれてくる。拭っても拭い切れないおぞましさ。汚《けが》された、犯されたという感覚がはっきりとし、雅子は口惜しさと情なさで大粒の涙をポロポロこぼした。

——何時の間にか雅子は泣き疲れてうとうとと眠ってしまったが、ふと薄目を開けると部屋の中には朝の光が射しこんでいる。

やはり、悪夢ではなく、昨夜のあの地獄絵図は現実の事だったのだ、と雅子は新たに恐怖の慄えでカチカチと歯が鳴った。

冷たい檻の鉄格子に手を触れて雅子は嗚咽にむせび、

「助けて、誰か助けて下さい」

と、うめくようにいい、次に美しい額を鉄格子に当てて再び泣きじゃくった。

その時、襖が開いて一人の見知らぬ女が入って来た。細面の顔で眉も目も細かった。野暮ったい薄紅色の小紋《こもん》を着て、口元に冷酷な微笑を浮かべている。

「ホホホ、あなた、西川さんの奥様ですの」

女はそのまま檻の前にしゃがみこみ、煙草をとり出して口にした。

「これでお前も一安心ってところだな、小菊」

うしろから源造が近寄って来て、ポンと女の肩をたたいた。

「よ、奥さんよ」

源造は檻の鉄格子に手をかけておびえた表情の雅子を見つめながら、

「この女が俺とは腹違いの妹、小菊といって、以前、ここで芸者をやっていた女なんだ」

こいつがお前さんにかわって耕二の面倒をこれから見るんだ、と源造がいった時、雅子は、えっとひきつった表情になる。

「悪く思わんでね、奥さん」

と、小菊は煙草の煙をゆっくり吐きながら檻の中の雅子を面白そうに見ていった。

「耕二さんの事は心配しなくていいわ。私が彼をきっと幸せにしてあげるから」

奥さんは後の事は気にせず、源造さんと仲よくやっていく事ね、と小菊は小鼻に皺《しわ》を寄せて笑うのだった。雅子は切れ長の美しい目に憎悪の色を滲ませて格子の間から小菊を睨むように見つめている。耕二にひょっとすれば女が出来ているのではと想像していたが、それは今、眼前に立ってせせら笑っている女――雅子は口惜しさとも哀しさともつかぬ火の塊《かたまり》のよ

うなものがこみ上がって来て、

「あ、あなた達は計画的に私をこのような目に遇わしたのね」

あなた達二人はぐるなのだわ、と雅子は思わず昂ぶった声をはり上げて鉄格子に手をかけ、わなわなと美しい頬を慄わせるのだった。

「ぐるといえばぐるといえない事もないわ」

そんな事、今更、どうでもいい事じゃないの、と小菊は笑っている。

「でも、この奥さん、随分と生意気な口をきくじゃない」

小菊は源造の顔を見ていった。

「愛ちゃんは身も心も源さんに捧げ尽していたけれど、この奥さんはそんなふうにはいかないようね。やはり、源さんとは教養の差があり過ぎて柔順になれないのかしら」

と小菊が皮肉っぽくいうと、

「なーに、今はまだ気持ちが落ち着かねえからだよ。これからそろそろ、じゃじゃ馬馴らしにかかる所だ」

源造は天井を見上げてそこにパイプ管が横に走っているのに気づくと、

「こりゃ都合よく出来てやがる」

といい、部屋の隅に束ねてあった麻縄をひっぱり出すのだった。

源造がそのパイプ管に踏み台を使って二本のロープをつないでいるのを見た小菊は、

「嫌ねえ、また、あれをする気なの」

と、苦笑する。

「そんな悪趣味はおよしなさいよ」

「何をいいやがる。浣腸ってのはな、ＳＭの中でも高級趣味に属すのだ」

と、源造は笑い、

「ぼんやりしていねえでお前も手伝いなよ」

といいながらロープを吊した下の畳の上にビニールの布をいそいそと敷き始めるのだった。

「その別嬪さんの身体から汚ねえものを吐き出させてそれを耕二に見せてやれ。すると、百年の恋も覚め果てて恋女房の事はもう思い出さなくなるだろうよ」

小菊の目に冷酷な光が浮かんだ。

「そうかも知れないわね。成程《なるほど》、それは面白い思いつきだわ」

小菊の頬に冷酷な微笑が浮かんだ。

檻の中で一片の布も許されぬ素っ裸の雅子は得体の知れぬ恐怖に怯えて小さく身を縮ませながら立膝に組んだ膝の辺《あた》りを小刻みに慄わせている。

「お気の毒ねえ。奥さんはこれから浣腸責めにかけられるのよ」

雅子の顔から血の気が引き、目は恐怖につり上がった。

「ここのおかみさんに浣腸の道具をかしてくれといってこい。それから面白いものを見せてやるからといって青木と村田をここへ連れて来な。あいつらにも手伝わせるんだ」

源造に声をかけられると小菊は、あいよ、と腰を上げ、部屋から外へ出て行くのだった。

「源、源造さん、一体、私に何をしようというの」

雅子は耐えられなくなって再び鉄格子に手をかけ、恐怖の慄えで頰をひきつらしながらいった。

「だからいっているじゃないか。お前さんに浣腸するんだよ」

源造は黄色い歯を見せて笑い、

「浣腸ってわかるだろう。ケツの穴に薬液を注ぎこんでウンチをどばっと吐き出させるのさ」

雅子の顔は恐ろしい程硬化したが、そこへ、小菊が村田を伴って部屋へ戻って来た。

「浣腸するんだってね。ようがす、手伝わせて頂きますよ」

村田は源造の顔を見てさも嬉しそうな表情を見せた。

「何しろこれだけの美人だからな。少しぐらい臭いのは我慢出来るさ」

村田は青木と顔を見合わせて笑い合っている。

「はい、これが浣腸器、これがグリセリン液」

と、小菊も楽しそうに畳の上に敷かれたビニール布の傍《そば》へコールドクリームだのバイブレーターだの様々な小道具を並べていく。

「おまるが見当たらないので古い洗面器をおかみさんにかりて来たわ」

「よし、それでいい」

源造はその古びた洗面器の底に新聞紙を敷き始めている。檻の中から男達のそんな行為を目にしていた雅子は肌に粟粒《あわ》の生じる思いになり、慄えは止まらなかった。

「さ、奥さん、支度は出来たよ」

村田が源造から鍵を受け取って檻を開いた。

「出て来なよ」

村田が声をかけると雅子は蒼ざめた表情で裸身を一層硬化させ、いざるように奥へ後退して行く。村田はそんな雅子の白い手をひったくるようにとって檻の外へ引きずり出した。

「か、かんにんしてっ」

青木が雅子を縛り上げようとして麻縄を手に持ち迫っていくと雅子は悲鳴を上げ、二つ折りに身体を縮ませてしまった。

「さあ、もう観念する事だ」

と、青木と村田は必死に乳房を覆う雅子のしなやかな両腕をとってぐっと背後へねじ曲げている。滑《なめ》らかな乳色の背の中程に雅子の華奢な両手首は重ね合わされ、それに青木がキリキリと麻縄を巻きつかせていった。

形のいい、瑞々《みずみず》しい乳房の上下にも麻縄が二巻三巻とかけられていき、かっちりと後手に縛り上げられていく雅子を小菊は胸のすくような気分で見つめている。

「フフフ、奥様、ほんとにお可哀そうね」

小菊は新聞紙を底に敷いた洗面器を取り上げてわざと雅子の目の前に近づけた。

「耕二さんに対するお別れのプレゼントをこれに盛り上げて頂くわ。私が東京に持って帰って耕二さんに見せてあげるのよ。あの人、どんな顔して驚く事やら」

小菊はそういって甲高い声で笑いこけた。

そんな小菊を雅子は血の出る程固く唇を噛みしめて睨みつけている。

「まあ、こわい顔。フフフ、でも、その顔がすぐに吠《ほ》え面《づら》をかく事になるわ」

小菊はそういっていきなり雅子の耳たぶを指でつねり上げた。

雅子は顔を歪めて激しく首を振り、

「あ、あなたのような下劣な女に耕二がのぼせるなんて信じられないわっ」

と、わめくようにいった。

「下劣な女だってっ」

小菊はカッとなっていきなりぴしゃりっと雅子の頰を平手打ちにした。

「もう一度、いってごらんよ」

と、小菊は雅子を睨み返す。

「ハハハ、本妻と妾が喧嘩を始めたようだな」

と、源造は笑い、

「いい加減にしないか、小菊。お前は今日から耕二の正式の女房になれたのだぜ。むしろ、その奥さんに感謝してもいい位じゃないか」

「それもそうね」

小菊は冷ややかな微笑を浮かべてついと立ち上がる。

「二度と今みたいな生意気な口がきけないよう、うんとお仕置してやってよ、源さん」

「ああ、いいとも、いいとも」

源造は雅子を後手に縛った縄尻をとって、

「さ、立ちな。たっぷり時間をかけて浣腸してやるからな」

と、さも楽しげな口調でいうのだった。

浣腸の宴《うたげ》

青木と村田の手の中で雅子は狂気したように緊縛された裸身を悶えさせたが、よっこらしょ、と横抱きにされ、ビニールの布を敷かれた畳の上に無理やり、仰臥させられていく。

麻縄に緊め上げられた胸のあたりから腹部、太腿にかけて乳色の美しい光沢を放つ雅子の肉体を小菊は小気味よさそうに見つめていたが、天井のパイプに結ばれた二本のロープに雅子の二肢を縛りつけようとして青木と村田が懸命になり出すと自分もそれを手伝って必死に暴れる雅子の両肢を取り押えにかかった。

「な、なにをするのっ、嫌よっ、やめてっ」

と、雅子は緊縛された美しい裸身をビニールの布の上でのたうたせている。

「いい加減におとなしくしないか」

男二人は遂に雅子の二肢をたぐり上げ、そのガラス細工のような華奢な足首にロープの先端を結びつけるのだった。

「ああっ」

雅子は泣きじゃくりながら緊縛された上半身を右へねじったり左へねじったりした。しかし、雅子の優美な二肢はまるで扇のように左右に割り裂かれた形で宙につられている。今、自分が男達の眼前にどのようにみじめで淫《みだ》らな姿を露呈しているか、それを思うと雅子は戦慄し、身ぶるいし後手に縛られた上半身をのけぞらせるようにして舌足らずの悲鳴を上げるのだった。

小菊がプッと吹き出し、次に袂《たもと》で口を覆って苦しそうに笑い出した。

「さて、こいつにお尻を乗っけて頂きましょうか」

村田と青木が押入れから取り出した枕を雅子の悶えさせる双臀の下へ敷こうとする。

「浣腸を効果的にするためだよ」

宙に向かって突き出した形の婀娜っぽい両腿に左右から手をかけて雅子の腰を浮き上がらせると源造が素早くその下へ枕を押しこんだ。

「ハハハ、こりゃいい眺めだ」

村田と青木は更に淫猥《いんわい》な肢態《したい》をとらされた雅子を見て哄笑する。

雅子の羞恥の泉とその奥に秘められた可憐な菊花の蕾《つぼみ》までが露《あら》わに晒け出されてしまったのである。雅子の顔面は火がついたように真っ赤に火照り、嫌っ、とか、許してっ、とか断続的な悲鳴を上げながら枕の上に乗り上げられた双臀をうねらせている。それが見ていて一層の淫猥さを感じさせるのだ。

男達の嘲笑《ちょうしょう》や哄笑を浴びて雅子もそれを感じたのか、激しい身悶えは止《や》め、逃げも隠れもならずその羞恥の二つを男達の眼前に晒したまま火照った顔をねじるようにし、肩を慄わせてすすり泣くのだった。

「ハハハ、なかなか可愛いじゃないか、これ」

青木はその秘めた菊の蕾に指先を近づけると忽ち雅子はブルッと双臀を痙攣させ、

「やめてっ」

と、血を吐くような声をはり上げるのだ。

「随分と敏感なんだな」

と、青木は源造の顔を見て笑い、

「この奥さんに浣腸するのはなかなか骨の折れる仕事だぞ」

といった。

「気持ちが昂ぶっているだけさ。こいつを料理していくのが楽しみというものだ」

源造は小菊に酒の支度をするように命じてから、雅子が縛りつけられている傍に並べられてある小道具の中から先端が巻き貝のようになっている筒状の責具を取り上げた。

「まず表門から攻撃開始だ」

源造はニヤニヤ笑ってその先端で雅子の柔らかい繊毛の盛り上がりを軽くこすった。

雅子はけたたましい悲鳴を上げた。

「大げさな声をあげるな。昨夜《ゆうべ》は俺に可愛がられて数え切れねえ程、喜んでたくせによ」

源造がそういうと青木も村田も口を開けて笑い出す。

「今度はこんなに大勢がつめかけているんで勝手が違うというわけか」

源造は次第に冷酷な表情になっていく。

「へへへ、さ、奥さん、うんと気分を出しましょうね」

と、青木が仰臥している雅子の横へ身をすり寄せていき、麻縄に緊め上げられた柔らかい乳房に手をかけてゆっくりと揉み始める。

「ああ、やめてっ」

雅子は美しい眉根をしかめて緊縛された上半身を揺さぶった。

温泉場に巣くうこうした卑劣なチンピラ達のなぶりものになるという恐怖感と汚辱感で雅子は半ば気が狂いそうになっている。

そんな雅子の昂ぶった思いを優しくほぐすように青木と村田は雅子の左右からぴったり添い寝するように身をすりつけていき、乳房を掌《てのひら》で包むようにして揉みつづける。

雅子の象牙色の頰やうなじ、喉首にも熱っぽい接吻の雨をふらしまくるのだった。

「ああっ、もう許して」

と、雅子は上体も下半身も激しく慄わせ、宙に吊られた二肢を狂おしく揺さぶり出す。頃はよしと見て源造は枕の上でのたうっている雅子の双臀を押えこむ。

「ああっ」と雅子は昂ぶった声をはり上げた。

源造は如何にも手馴れた手管《てくだ》で女の羞恥をいたぶりだした。それは魚屋が魚の腸《はらわた》をつかみ出すような鮮やかな手口であった。その手際のよさには酒を運んで来た小菊も呆《あ》っ気《け》にとられた思いで見つめ出す。雅子の肉体は源造のペースに巻きこまれて火のように燃え、激しい興奮状態を示し始めたのである。

「私、女の身体の構造をこんなにまともに見たのは初めてよ」

小菊は茶碗に注いだ酒をぐっと一息に飲み乾し、すわった目つきになって源造の横へ身をかがませていった。

源造の指先による愛撫は巧妙を極めた。薄紙を剥がせていくような淫らな悪戯を始めたかと思うと急に女に唇を強く押し当てたりする。

雅子は息の根も止まるような喜悦のうめきをあげるようになった。

憎い小菊の目に淫情にのたうつあられもない自分の姿を目撃されている——その血の凍るような屈辱感も源造の技巧に押し流されていくのだ。

「小菊、バイブをかしな」

「はいよ」

小菊はいそいそと、源造に寄り添うようにして源造の仕事を手伝っている。

源造は小道具の使い方も巧妙を極めて雅子は枕の上の双臀を痙攣させ、悲鳴に似た昂ぶりの声を上げ始める。

「フフフ、私だって女だものね。奥さんがそんなに悦び出すと何だか変な気分になってきたわ」

小菊は源造に声をかけられて次に筒状の責具を源造へ手渡しながらいった。

源造はそれには答えずバイブを引っ込めると口笛を軽くふきながら責具をゆっくりと操作していく。艦砲射撃で散々に敵陣を乱した後、ゆうゆうと敵前上陸を敢行するような手際のよさ——雅子の乳房をゆっくりと愛撫している村田も青木も源造のそうしたソツのない女のいたぶり方を見て舌を巻いている。

身も心もすでにどろどろに溶かされてしまった雅子は熱っぽい喘ぎをくり返すばかりで反発の意志などまるでなかった。それは蠱惑《こわく》的な徒花《あだばな》を開かせるようにして責具に覆いつくされていく。

「さ、ここで浣腸だ。そのコールドをとりな」

源造は小菊からコールドクリームの瓶をとるとたっぷりと指先に掬《すく》いとり、一方の手でゆるやかに責具を操作させながらその下方の秘められた菊花の部分へ塗りつけ始めたのである。

言葉ではいえぬ甘い快感と胸がかきむしられるような汚辱感が同時にこみ上がり、雅子は再び自分の意志に反して雄叫《おたけ》びに似た声をはり上げる。

続いてそこを浣腸器の冷たい嘴管《しかん》が狙い始めると半ば気を失いかけていた雅子は必死になって気を持ち直し、

「嫌っ、な、なんて事をするの、馬鹿っ馬鹿っ」

と、わめきながら双臀を揺さぶるのだ。

「嫌よ、嫌よは、好きの内——」

と、源造は唄うような調子でいい、柔らかいふくらみを見せ始めた菊の花弁へ一気に押し立てていったのだ。

あっと雅子は火のような戦慄と一緒に緊縛された裸身をのけぞらせ、激しく奥歯を噛み鳴らす。

「小菊、一寸、手伝いな」

源造は責具の操作を小菊に任して自分は身体を伏せるようにしてゆっくりと浣腸器のポン

プを押し始めたのだ。小菊はクスクス笑いながら責具で雅子を揉みしだき、源造はこれもニヤニヤしながら浣腸器を巧みに操作させながらわずかずつ薬液を注ぎこんでいく。

雅子はこの世のものとは思われぬ痛烈な被虐の快美感にのたうち、獣のようなうめきを洩らした。

「ああっ、た、たすけてっ」

と雅子が思わずそんな悲鳴を上げると、小菊はゆっくりと責具を動かせつつ吹き出した。

「どうだい。こんな楽しい思いを味わったのは生まれて初めてだろ。俺の女房になった事をしみじみ嬉しく思わねえか」

源造は真っ赤に上気した顔を激しく左右に揺さぶって沁み入るような啼泣を洩らす雅子を楽しそうに見つめ、更にポンプを押すのだ。

するとまた雅子の啼泣が一段と激しくなる。

全身の官能が白熱し、雅子は悦楽と汚辱の極致を思い知らされたような心地になった。

責具に揺さぶられて魂まで痺れ切った肉体にその部分から注ぎこまれる薬液の切なく鋭い快感は何にたとえればいいのか。

腰骨も背骨も一気に痺れた雅子は急に押し殺したようなうめきを洩らすと宙に吊り上げられている優美な二肢を激しく痙攣させた。

雅子が絶頂に到達したのを見極めた小菊は勝ち誇ったような表情になり、

「満足遊ばしたの、奥様」

と、からかうような口調でいい、百ccの石けん水を雅子の体内に一滴あまさず注ぎこんだ源造も満足し切った表情でゆっくりと嘴管を抜きとったのだ。

雅子は心身ともに疲れ切ったようにがっくりと首を横に伏せ、固く目を閉ざしたまま喘ぐように息づいていた。

全身が一本の火柱となって燃え上がり、汚辱と官能が火花を散らす中で絶頂感を極めてしまった雅子は長い悦楽の余韻から覚めてふと目を開いた。

畳の上に後手に縛り上げられたまま仰臥させられ、天井のパイプに結ばれた二本のロープに二肢はつながれて直角に吊り上げられている——雅子はそんな淫らな自分の肢態を羞《は》じらうというゆとりも今はない。麻薬的なまでに妖しい快美感に酔い痺れた後に排泄の狂おしいまでの欲求が生じ出して来たのだ。

ううう、雅子は美しい眉根を寄せてうめき、枕の上に乗せられた双臀をモジモジ揺らつかせて、その苦痛と戦わなければならない。

急に近くで哄笑がわき上がり、うろたえ気味に雅子が目を向けると部屋の隅の方で源造達が茶碗酒を飲み合っている。

「楽あれば苦ありって所だな」

源造は茶碗を畳の上に置いて、

「どうだい。便所へ行きてえか」

と苦悶する雅子の方に目を向けて笑うのだった。雅子は汗ばんだ顔を源造の方に向け哀しげにうなずいて見せる。

「気の毒だが、お前さんの身体から出た汚ねえものを耕二の目に晒さなきゃならねえ。ここでおまるを使ってもらうぜ」

と、源造は新聞紙を底に敷いた洗面器を足でつついていった。雅子は憎しみと呪《のろ》いのこもった目を源造に向ける。

「どこまで私をいたぶれば気がすむんです」

と、雅子がひきつった声を出すと、

「さあ、骨の髄までかな」

と、源造は笑って洗面器を取り上げると、雅子の双臀の下へそれを当てつけようとした。

雅子は激しい狼狽を示して枕の上の婀娜っぽい双臀を激しく揺さぶり出す。

「いくら駄々をこねてもこんな方法で後始末をしてやるからな」

「気が狂っているの、あなたはっ」

雅子は泣きじゃくりながら身悶えをくり返している。冷たい洗面器が双臀の下に触れると雅子は悲鳴を上げて身悶えた。

「赤ん坊のような気分になっておまるをここで使うんだ」

「嫌ですっ、馬鹿な真似はよしてっ」

「全く強情な女だよ」

源造は青木達の方を見て苦笑した。

「じゃ、その気になるまで何時までもそんな格好をしているがいいさ。小菊、お前はここに残って奥さんの話し相手になってあげな」

源造は小菊の肩を軽くたたいてから青木達と一緒に部屋から出て行く。

耕二の女房を小菊にいたぶらせるというのが源造の計算であった。

小菊は茶碗酒をゆっくりと口に流しこみながら、二肢を宙づりにされている雅子にぴったりとにじり寄る。

「亭主を寝とった女の前でこんないたぶりを受けるなんてさぞ口惜しいでしょうね、奥さん」

と、小菊はクスクス笑い出し、枕の上でもじつかせている雅子の双臀の下方に目を向けてしとどに濡れそぼった二つの羞恥を薄笑いを浮かべて凝視するのだった。

「亭主にもそんなみっともない姿は見せなかったでしょう。どうなの、奥さん」

小菊は蛇のようなねちっこさで雅子をしきりに揶揄《やゆ》している。

耕二の情婦になぶりものにされているという感覚——それは毛穴から血が噴き出すばかりの屈辱であり、雅子は歯を喰いしばって固く目を閉じ合わせている。その間にも生理的苦痛はじわじわとこみ上がり、雅子は何ともいえぬ悲痛な表情になっていくのだった。

ううっと呻《うめ》き、汗ばんだ富士額をギューと顰《しか》めて、緊縛された上体をねじらせる雅子だったが、

「苦しそうね、奥さん」

と、小菊がからかうようにいうともう恥も外聞もないといったせっぱつまった気持ちになり、

「お、お願い、トイレへ行かせてっ」

と、呻くように小菊に向かって声を出したのだ。

「後、後生です、この縄を解いてトイレに行かせて下さいっ」

必死に哀願し始めた雅子を小菊は意地の悪い微笑を口元に浮かべて見下ろしている。

「あなたの亭主を私は奪った女なのよ。それに救いを求めるというの」

と、また意地の悪い口を小菊はきくのだ。

ハッとしたように雅子は赤らんだ顔を横にそむけ、頬をひきつらせて口惜し泣きをする。

「もう我慢が出来ないのなら――」

と小菊は冷ややかな微笑を口元に浮かべて洗面器を引き寄せた。

「源さんに頼んでこいつを使わせてもらう事ね」

雅子は激しく嗚咽しながら、

「あ、あなたまでそんな――それでもあなたは女なのっ」

「まあ、御挨拶ねえ。お尻まで丸出しにしてそれでもそっちは女でいるつもりなの」

と、小菊は笑い出すのだ。雅子の火照った顔面が口惜しさでひきつると小菊は更に調子づいて、

「ねえ、もういい加減にやせ我慢をはるのはやめといておまるを使う気になれば――」

といい、洗面器を雅子の肌に押しつけていく。すると、雅子は再び火を押しつけられたような悲鳴をあげるのだ。

「聞きわけのない奥様ねえ。じゃ、もう一度、私が見よう見真似で浣腸してあげるわ」

小菊は茶碗酒をもう一度飲み乾し、酔った身体で気《け》だるそうにガラス製の浣腸器を取り上げた。

グリセリン液を舌なめずりするような表情で浣腸器に注入する小菊。それは血走った雅子

の目には鬼女の姿に映じた。

「さ、覚悟遊ばせ、奥様」

小菊はクスクス笑いながら必死によじらせる雅子の双臀を押えつけた。

「やめてっ、お願いっ」

雅子は泣きわめいて哀願した。

もう限界近くまで追いつめられた肉体に、憎い女の手で更に浣腸の追い討ちをかけられようとする雅子は半狂乱になっている。

「駄目よ。私はあなたが憎いんだから。うんと生き恥をかかせてやるわ」

小菊はムキになってうねらせる雅子の双臀を両手で押えこみ、削《そ》いだような悩ましい女体を割り裂いていく。

ああ、と雅子はその部分に嘴管を突きつけられると観念の目を閉じ合わせた。

嘴管の刺激は、焼火箸《やけひばし》を刺し通されたような激痛と腰骨を溶かせるような鋭い快感が同時にこみ上がる。

「フフフ、こうなりゃもうこっちのものさ」

小菊は冷酷な光を酒に酔った目にねっとり滲ませながらポンプを押し始めた。

耕二の情婦の手でこのような辱《はずか》しめを受ける血も凍るばかりの屈辱と耐えられぬ嫌悪感

――しかし、もうどうにもならないという諦めが被虐の燃え立つような不思議で妖しい快美感を惹起《じゃっき》させるのだ。

体内に次から次と送りこまれていくおぞましい液体も雅子の官能の芯を痺れさせていく。キリキリと錐《きり》で揉みこまれるような激烈な苦痛と戦慄めいた妖しい快美感に雅子はすっかり酔わされてしまったのだ。

小菊は嘴管を円を描くように操作し始め、ポンプを押し、片方の手で今は神秘のベールを一切剥がされた雅子の柔肌をくすぐったり、女ならではの淫靡《いんび》な残忍性を発揮するのだったが、雅子はそれに対する嫌悪感も次第に薄れて今はただ被虐の法悦境にどっぷり浸り切っている。

二百ccを送りこんだ嘴管がようやく引き取られ雅子はふと夢心地から覚めたように目を開いたが、下腹部は膨脹《ぼうちょう》し、ぐるぐると音を立て始めていた。

「如何《いかが》、もうこれで無条件降伏じゃない」

小菊は脱脂綿を取り出してそのあとを柔らかく揉みほぐしながらいった。

「ああ、もう、駄目だわ」

遂に限界に到達した雅子は柔らかい睫毛を哀しげにそよがせて熱っぽく潤《うる》んだ目を小菊に向けながら降伏を告げるのだ。

「いう事を聞きますわ。ですから早く――」

便器を当ててほしいという意味なのだろう。

急に雅子の動きに揺らぐような色気が滲み出したようだ。

「ああ、もう洩れてしまいます。ねえ、早く」

雅子はすねるように鼻を鳴らし、婀娜っぽい双臀をもじつかせている。

「そう。じゃ、源さん達を呼んで来るわ」

と、小菊がおかしさをこらえて腰を上げると、

「早く、ああ、私、畳を汚してしまうわ。ねえっ」

と、雅子はキリキリ歯を嚙み鳴らして必死に苦痛と戦っているのだ。

小菊が廊下へ出て、近くの部屋でトランプ博奕《ばくち》をしていた源造や青木達を呼び寄せた。

「ようやくその気になったかい、奥さん」

源造は宙づりにされた二肢をうねらせ、額に脂汗を滲ませて苦悩している雅子の傍へ近寄った。

「早く当ててっ」

と、雅子はもうなり振りかまわず昂ぶった声をはり上げる。

「まあ、そうあわてるない」

と、源造は雅子の昂ぶった神経を逆手《さかて》にとって、

「これから俺は手前の糞の始末までしてやるんだ。そんな俺に感謝して、これからは源造さんのいい奥さんになります、とはっきり口に出していってみな」

するると、雅子は全身、痺れ切った感覚の中でわなわな唇を慄わせながら、

「こ、これからは、源造さんのいい奥さんにな、なりますわ」

と、夢うつつに口走るのだ。源造は満足げにうなずいて、

「いいか、これからも何時もそのように柔順になるんだぜ」

といいながら小菊に部屋の窓を開けさせた。

「臭え匂いが部屋の中にたれこめるとたまらねえからな」

そういって源造はもじつかせる雅子の双臀の下へぴったりと洗面器をあてがった。

「小菊が耕二へみやげにするそうだ。遠慮せずたっぷり盛り上げてみな」

自分の身体から排泄させた汚物を耕二の目に触れさせるなど何とひどい事を——雅子は源造の一言に思わず身体が強張ってしまったがそれも一瞬の事で、すでに限界を通り過ぎた肉体は源造の催促を待つ間もなく冷たい洗面器が触れた途端、忽ちに崩壊したのだ。それは正《まさ》しく汚辱の極致であり、雅子は一気に目がくらみ、

「目を、目をそらせてっ」

と、悲痛な叫び声を上げながらどっと黄金の山を洗面器の中へ築き上げていく。

「こりゃ凄えや」

と、源造はぴったり洗面器を押しつけながら鼻をつまんでのぞき見している青木と村田の顔を見て笑い出すのだ。

「まあ、いやらしい。見ちゃいられないわ」

と、小菊は袂で口元を覆いながら後退したが、雅子はそんな嘲笑も哄笑ももう耳には聞えない。

相次ぐ発作で宙に吊り上げられた優美な二肢はブルブル激しく痙攣し、雅子は自分でもわけのわからぬうめきを洩らしながら放水を開始した。

「全く処置なしだな。少し派手過ぎるぜ」

と、源造は笑いこけた。

これだけの恥を晒けさせてしまえばこの女はもう俺のいいなりになる、と。こうした浣腸責めも雅子を自分に従属させるための一つの手段なのだ。

「もういいかい。遠慮しなくたっていいんだぜ」

と、源造は内心ほくほくしながら脱脂綿を手にして上《うわ》ずった声を出している。

被虐の坩堝《るつぼ》

耕二は遂に会社をやめた。

あれだけ真面目に精励に勤め、上役からも引き立てられた耕二が突然、辞表を出したので同僚はびっくりし、引き止める者もいたが、耕二はすっかり仕事に情熱を失い、すっかり軌道から外れた生活を営んでいる。仕事や交友、その他の現実関係から脱して小菊と爛《ただ》れたような愛欲生活に浸っているのだ。

もうここ数日、小菊のアパートに入り浸りになっている耕二は寝呆《ねぼ》け眼《まなこ》のぼんやりとした表情でベッドの上に仰臥していた。

「只今《ただいま》」

と、渋谷の酒場につとめに出ている小菊が酔って戻ってくる。

「何さ、お帰りぐらい声をかけてもいいだろ。以前とは違って今はあんた、私に喰わせてもらっている身の上なのよ」

小菊はフラフラする足どりで部屋に入ってくると虚脱した表情の耕二に向かって毒づくの

だ。

「全く私、当てが外れたわ。東京のパリッとした前途有望の会社員と一緒になるのが夢だったの。それが何さ、恋女房を奪いとられてから魂の抜け殻みたいになってしまう情ない男、こんな男のどこがよくて私、くっついてしまったのかしら」

小菊はよろけながらワンピースを脱ぎ黒絹のスリップ姿になる。

背丈がすらりとして肉は熟れ切り、スリップ一枚の小菊の全身からはムンムンとする官能味が滲み出ているのだ。

「源造に女房を奪い取られたのが口惜しいのなら、あの温泉場にもう一度行って奪い返してくればいいじゃないか。といっても意気地なしのあんたにはそんな事出来ないだろうね」

いくら毒づいても皮肉をいっても耕二はボソンとした表情で何の反発も示さないのだ。

小菊はスリップ一枚のまま台所へ行き水道の水をコップに受けてうまそうに飲んだ。背後からいきなり耕二がしがみついてきたので小菊は首を緊められるのではないかとぞっとしたが、耕二は小菊の肩を力一杯、背後から抱きしめて、

「小菊、俺を見捨てないでくれ。今の俺はもうお前一人だけが頼りなんだ」

と、涙まで流して哀願するのだった。何時もの事だから小菊は馴れっこになっていて、

「また泣き落としかい」

と冷ややかな口調になり、すると耕二の手から身体を抜け出させベッドに腰をおろすのだ。

「頼むならそこへ土下座して頼んだらどうなの」

小菊が煙草を横に咥《くわ》えてそういうと、耕二はだらしなく畳の上に膝を折って坐るのだ。

あの事件以来、耕二は全く駄目になり、自分も駄目になった耕二に愛想づかししたけれど、二人に潜在する異常性癖《せいへき》がむき出しになってきた事を小菊は痛快に思うようになった。

耕二にはマゾ性がある事を知り、小菊の嗜虐性の情欲が時として爆発する事になった。

「私に愛して欲しいのなら丸裸になってひざまずくのよ」

耕二は小菊にいわれた通りシャツを脱ぎ、ズボンを脱ぎ、パンツまでかなぐり捨てた。

全裸になって畳に両手をつき、ひれ伏す耕二を見て小菊は目をキラリと光らせた。

「もっとこっちへおいで」

と、いきなり足の裏を耕二の額に押し当て力一杯、突きはねたのである。

あっと耕二はうしろへ転倒する。と同時に小菊はベッドの下に押しこんであった皮鞭を取り出していきなり耕二の背をぴしりっとぶった。

「全くお前はぐずだよ」

小菊は腹這いになった耕二の背に足を乗せて吐き出すようにいった。

「小菊、もっとぶってくれ。俺に過去の事を忘れさせるようその鞭でぶちまくってくれ」

小菊に足で踏みにじられながら耕二が熱っぽくそういうと、

「甘ったれるんじゃないよ」

と、小菊は耕二の頭の上に足を乗っけてグイグイと踏みにじった。

顔を歪めて耕二が首を上げると黒絹のスリップの裾は大きくまくれ上がって卵の白身のように艶のある小菊の太腿が大きく露出し、その内腿には地図のように美しく血管が浮かび出ている。

「小菊なんて呼びつけにしてもらいたくないね。女王様と呼んでごらん」

そうすりゃ望み通りに鞭をくれてやる、小菊は激しく耕二の背をけり上げながらいうのだった。

「わかりました、女王様」

耕二は声を慄わせて小菊のいうままになり、ピシリッピシリッと背や腰のあたりに鞭を当てられ、苦痛とも喜悦ともつかぬ悲鳴を上げ始める。

「お前は私の奴隷だよ。女王様の命令には絶対そむかぬと約束するかい」

「約束します」

耕二は四つん這いになり、小菊を馬乗りにさせて幾度も首を動かしながらいうのだった。

「とられた女房の事を二度と思い出さないか」

「二度と思い出しません」

小菊は面白がって耕二の背の上で腰部をひねった。

「さ、歩けっ」

小菊に尻をたたかれて裸馬になった耕二は部屋の中を歩き回った。

SM夫婦誕生

「お前は俺の奴隷だ」

と、源造は物置の柱に縄尻をつながれている全裸の雅子に向かっていった。

「俺の女房であると同時に俺の奴隷だ。それを忘れるな」

源造は皮鞭を持ち出すと、立膝を組んでいる雅子の光沢を持つ太腿あたりをぴしっと一撃する。

雅子は顔を歪め、この苦痛に耐えるのが奴隷なのだと自分にいい聞かせながら唇を固く噛みしめている。

「これでお前には一通りSMショーのコツを教えた。あと二、三日もすれば客席に出るからな」

源造がそういっても身も心も打ちひしがれた雅子は翳った柔らかい睫毛を哀しげにしばたかせるだけで顔色を変えなかった。

丸一週間、雅子は源造の調教を受け、すっかり人間を作り変えられ、被虐性の快味を味わう事のできる女に変貌している。

「まだ亭主の事を思い出すかい」

後手に縛りつけられた雅子の冴えた陶器のように白い肌を源造は目を細めて眺めながら身をすり寄せてくる。

「もう思い出しませんわ。私も今じゃすっかり人間が変わったのですもの」

「そうかい。お前の亭主は俺なんだからな。それだけは忘れるなよ」

源造は楽しげにそういって、

「耕二も今頃は小菊とうまくやっているだろうよ。あんな奴の事はきっぱり忘れろ」

とつづけたが、雅子の情感的な翳りを持つ頰に一筋二筋、涙がしたたり落ちるのを見つけると、

「どうしたんだよ、急にメソメソしやがって」

と、雅子の泣き濡れた頰を指で押すのだった。

「ごめんなさい。耕二の卑劣さに何か急に腹立たしくなって——」

つい泣けてしまったのだと雅子は小さくすすり上げながらいい、

「今日はどんなお稽古をするんですの」

と強《し》いて笑顔を作りながら潤んだ美しい目を源造の方に向けるのだった。

源造は薄笑いを浮かべて懐からゴムでできた筒状の玩具を取り出した。

「緊め方、腰の使い方、それに鞭打たれての悶えもなかなか板についてきたが、一つ、下手糞なものがある」

源造はそういって雅子の花びらに似た紅唇を指でつつくのだった。すると雅子は羞じらいの紅を顔面に浮かべながら目を伏せる。

客の一番悦ぶ体位はシックスナインだ、と源造はいい、

「それを照れたり恥ずかしがっていちゃ、ショーにならないぜ。男がのぼりつめるまでしゃぶり抜かなきゃ駄目だ」

源造はそういってゴムの筒で赤らんだ雅子の頰を軽くたたくのだった。

「こいつでたっぷり稽古をつけてやるよ」

さも恥ずかしげに顔をそむける雅子の乳色の肩に源造は手をかけて雅子の顎をつかんだ。

「亭主に仕込まれなかったのか」

源造に顎をとられた雅子は哀しげな表情でうなずくのだった。

「夫婦ならこれ位の事、覚えるのが当然だがな」

源造はそういってゴムの筒を固くつぐんでいる雅子の唇の上へ押しつけていく。

「さ、大きく舌を出して嘗めてみな」

しかし、雅子は口を閉ざしたまま、眉をしかめて頬を硬化させている。

「何を照れているんだ。こっちは真面目に稽古をつけてやろうといってるんだぞ」

源造にそれを唇の上へ押しつけられた雅子はさも哀しげな表情のままわずかに甘美な舌先をのぞかせた。

「ううっ……」

「もっと大きく舌を出して激しく嘗めてみろ」

源造は雅子の消極さにイライラして叱咤する。

「生っちょろいやり方じゃ客は満足しないぞ」

雅子は次第に積極的になっていった。

源造に指示されるまま、ぴったりとゴムの筒に強く舌先を押しつけて顔を左右に揺さぶりながら嘗めさすり、ふと、何かに煽《あお》られた形で一途になり始めたのだ。

「そうだ。その調子」

源造は、なれぬ手付きでゴムの筒を手に持ち、それを酔い痺れた心地になってうっとり目を閉ざしている雅子を満足げな表情で見つめている。

「さ、次に大きく口を開いてみろ」

雅子は催眠術にかけられたように源造に命じられるままとなっている。

「ふうっ……」

と荒々しい鼻息まで洩らし始めていると源造は自分の官能の芯に火がつけられた思いとなる。

「よし、俺ので一度、試させてやる」

と、ゴムの筒を雅子の唇から引き抜いた時、襖が小さく開いて、青木がそっと首をのぞかせた。

「源さん、珍客が来たぜ」

「珍客？」

源造は解きかけた着物の帯を結び直し、「しばらく待っていろ」と雅子に声をかけ、青木のあとについて廊下に出た。

辰子の居間に入った源造は、そこに小菊と耕二が並んで坐っているのを見て棒立ちになった。

「突然、耕二さんを連れて来てごめんね」

小菊は目をパチパチさせている源造を見て悪戯っぽく笑った。耕二は憔悴《しょうすい》し切った表情で俯《うつむ》き加減に目を伏せている。

「やぶから棒にどうしたっていうんだ、小菊」

源造は魂が抜けたように虚脱した表情の耕二と何か意味ありげにニヤニヤしている小菊とを見くらべるようにしながらいった。

「前の女房を返してくれというのじゃねえだろうな。もっとも返してくれといっても雅子は前の雅子とすっかり人が変わっちまっているぜ。あの女は今じゃ、れっきとした俺の女房さ」

源造がそういうと青木と村田がまるで用心棒のように源造の背後からのっそり姿を現わして、

「一目、女房に逢いたいってわけか」

と、せせら笑うようにいった。

「実はね、源さん、もうこの男、駄目なのよ。私の亭主としても失格。見て頂戴《ちょうだい》よ。この無気力な顔つき」

小菊は伏目にしている耕二の耳たぶを強く引っ張って源造の方へ顔を向けさせた。

「以前、源さんは弟子が一人欲しいといってたでしょ。白黒ショーに源さんの代役で出演する男ならこの耕二が適任じゃないかしら」

小菊はそういって、源造の目を見た。

源造のけわしい顔つきが段々とほぐれ出す。

「成程、俺ももう年でそろそろ代役がほしいと思っていた所だ。こいつなら雅子とコンビを組ませるのに一番適任かも知れないぜ」

源造がそういって反り身になって笑い出すと、この男はマゾヒストだから弟子というより奴隷扱いした方が本人も悦ぶかも知れぬ、という意味の事を小菊は源造に告げるのだった。

「そうか、それは面白い」

源造は青木と村田に目くばせした。

「この野郎を裸に剥いで縛り上げてくれないか」

よしきた、と青木が耕二の襟首をつかんだが、すっかり無気力になっている耕二は何の抵抗も示さない。青木と村田は面白がって耕二を突き飛ばし、服を剥ぎとって忽ち丸裸にする。

麻縄で雁字《がんじ》搦《がら》めに縛り上げられていく耕二を小菊は冷笑を口元に浮かべて見つめている。

「私は東京で別に恋人が出来たのよ。あんたみたいな意気地なしとは今日でお別れさ」

小菊がそういうと今まで口をつぐんでいた耕二は後手に縛り上げられた裸身をよろよろと

立ち上がらせ、

「他に男を作らんでくれ。俺はお前の奴隷として生きるから、な、小菊」

と、哀れっぽい声を出す。

「何をいってるのよ」

と小菊は鼻で笑い、ついと一歩踏み出すといきなりぴしゃりと耕二の頬を平手打ちした。

「これから元の女房と一緒に暮らさせてやるといってるのよ」

青木と村田が耕二の麻縄をとってどんと背中を押した。

「女房のいる所へ案内してやるぜ。歩きな」

耕二はつんのめるようにして歩き出す。

「でけえものをぶら下げていやがる。これなら源さんの代役がつとまるかも知れないな」

青木と村田は耕二の股間を見て笑い立てる。

物置の中へ引き立てられた耕二は柱に縄尻をつながれて身を縮めている素っ裸の雅子に気づき慄然として棒立ちになる。

雅子も引き立てられてきたのが耕二であるのに気づいてハッと蒼ざめ、頬をひきつらせた。

「今日からお前達は夫婦《めおと》奴隷として俺に仕えるのだ。愛子もこれできっと浮かばれるよ」

源造は復讐を果たしたような爽快な気分になってはずんだ声を出した。

「今日から二人仲良くその檻の中で暮らすのよ。これで白黒ショーのコンビが出来上がったわ」

小菊も声をあげて笑った。

青木と村田が檻の扉を開いてこの夫婦奴隷を縄つきのまま押しこみ、扉に鍵をかけた。

「雅子、俺が悪かった、許してくれ」

「………」

耕二は縛り上げられた裸身を雅子の裸身に触れ合わせるようにして声を慄わせていった。

「今更、詫びたって仕様がないわ。これからは、私達は夫婦奴隷として再出発するしかないのよ」

乳色の光沢を帯びた雅子の裸身と栗色の耕二の裸身とが共にかっちり縛り上げられ、立つ事も出来ぬ狭い檻の中でさも仲がよさそうに身を寄せ合い、縮みこんでいるのだった。

蛇の穴

御屋敷奉公

「ええか、これからお前を連れて行く西崎の旦那はんはわいがこれまで随分と面倒みてもろたお方や。ゆめおろそかに思ったらあかんで。西崎さんはいわばわいの命の恩人にもあたる人や。西崎さんの命令には絶対服従する事。ええな、わかったな」

と、徳造は西崎の屋敷へ向かう道すがらくどい程、娘の梅子にくり返していった。

梅子は地味な銘仙《めいせん》の単物《ひとえもの》に野暮ったい肩掛けを鼻の上まで引き上げて猫背でスタスタ先に歩く小柄な父親の後についていく。

西崎は高利貸に責められて田や畠《はた》まで没収されそうになっていた父親を救ってくれた大恩人だという事は明石《あかし》から東京まで出てくる間に梅子は何度もくり返し徳造から聞かされてい

た。

その西崎が徳造の娘を女中奉公に出してくれないかと申し出て来たのである。四人もの娘を持つ徳造にしてみれば末娘の梅子を東京へ女中奉公に出す事に何の異存もなく、まして、それが大恩を受けた西崎のもととあってみれば、

「こりゃお前、大した出世やぞ」

という風に梅子に話すのだった。

梅子は十七になったばかりで、東京の大きな屋敷へ女中奉公に出るという事が自分にとって出世になるのか、ちっともわからない。ただ、これは父親孝行であるのには違いないと思った。

小さな鼻、肉づきのいい唇、両頬はクリクリした愛らしい目から下脹《しもぶく》れに広がって、梅子は決して美人とはいえないが、愛敬のある顔立ちといえるだろう。

昭和九年――軍需産業の発展によって不況時代は終わり、庶民の経済基礎も出来て、道行く人々の顔も思いなしか明るく見える。

つい二、三年前は経済恐慌期で工場閉鎖、失業者続出で、失業中の亭主を持っていた梅子の姉などは随分と苦労していたようだが、それもどうにか人並みの生活が送れるようになり、父親の徳造も肩の荷が降りたような心地になっている筈《はず》だと梅子は思うのだった。

それにもう一つ、末娘で大して器量もよくない梅子が東京の西崎のもとへ女中奉公に出る事になれば一人でも口をへらそうとしていた父親にしてみれば嬉しい事ではないかとついひがんだ思いにもなる。

西崎の屋敷は青山にあった。

赤十字病院近くの閑静な一帯で、よく掃き清められたいかめしい門構えの前に立つと徳造は梅子の方をまた振り返り、

「ええか、西崎さんの前に出たら、行儀ようせなあかんぞ。田舎者だと馬鹿にされんようにな」

と、念を押した。

徳造は梅子と一緒に脇玄関から入った。

植木の手入れをしている職人を横に見ながら、玉砂利を踏んで大きな式台の上に立つと徳造は森閑《しんかん》とした白い障子に向かって、

「えー、ごめんやす」

と、まだ誰も現われぬのにペコペコ頭を下げながら声を出した。

梅子は父親のうしろにぼんやり突ったったまま玄関の横手から見える古庭の方へ目を向けていた。

植込みの竹林もひっそりしている。小さな池があって、その向こうに梅の木が数本、とがった枝の先に白くふくらんだ花を今を盛りに咲かせていた。

自分の名がそうだから、やはり、梅子は花の中では梅が一番好きなのだが、このように晴れた空にくっきり白く浮かび出た美しい梅の花は見た事がない。

その梅の花の見事さ、鮮やかさ、そしてそこから何か匂い立つような寂しさといったものを感じながら、飽かず眺めていると、大玄関の白い障子が静かに開いて、この屋敷の女中らしい若い女が丁寧に膝《ひざ》を折って坐った。

「兵庫県から出て来た田岡徳造でございます。旦那様は御在宅でっしゃろか」

徳造はへり下った物腰で女中にいい、ぼんやり梅の方に目を向けている娘の手をつついて、

「ぼんやりせんとお前も御挨拶せんかい」

と、あわて気味にいうのだった。

女中は慇懃《いんぎん》な態度で頭を下げてから、奥へ引き揚げ、やがて数分後に再び姿を見せ、

「お待たせ致しました。どうぞお上がりになって下さいまし」

と、いった。

艶《つや》光りのした廊下を通り、徳造と梅子が通されたところは重い空気が垂れこめた薄暗い応接間であった。

分厚い棚の上には南方の装飾品や置物が重苦しい感じで並んでいる。

「どうぞ、ここでしばらくお待ちになって下さいまし」

という女中に徳造はニヤリと笑いかけて、

「お宅はここの女中さんでっか」

と聞いた。

「ハイ、左様《さよう》でございます」

「名前は何といやはりまんねん」

「桃子と申します」

「桃子？」

徳造は梅子の顔をチラと見て、急にゲラゲラ笑い出した。

「桃子さんといわはりまんのか。こら傑作や。うちの娘は梅子といいまんねん。桃子に梅子、女中さん二人が桃と梅ちゅうのは真《まこと》に覚えやすい結構な名前や」

徳造が調子に乗ってペラペラしゃべり出したので梅子は気恥ずかしくなり、

「お父さん、いい加減になさいよ」

と、たしなめた。

しかし、徳造はつづけて、桃子という小柄な女中に、

「実はうちの娘もここの旦那さんに見込まれて女中奉公にあがったんですわ。これからは一つ先輩として、よろしゅう御指導をお願い致します」

と、いった。

その時、この屋敷の主《あるじ》である西崎が結城絣《ゆうきがすり》を着てのっそり姿を現わした。

五十格好の赫黒《あかぐろ》い皮膚をした大柄な男であった。

途端に徳造は恐縮し切ったように赤いじゅうたんの上に膝を折って坐り、

「旦那はん、お懐かしゅうございます」

と、深く頭を下げるのだ。

梅子も父親にならってその場にひざまずき、殿様に拝謁《はいえつ》するかのように平伏した。

「ま、そこへ坐らんか」

と、西崎はソファを指さし、自分も肘掛椅子《ひじかけいす》にふんぞり返るように腰を降ろして、卓上の煙草ケースの中から煙草《し》をとって口にした。

西崎の顔の筋肉は緊まり唇は分厚く、目には普通の人間には一寸《ちょつと》見られない妖しい光が滲《にじ》んでいる。

梅子は西崎の容貌をふと見ただけで体中が強張《こわば》るような恐怖を感じた。

こんなこわい人相をした男の女中が勤まるか、梅子はすっかり自信をなくしていた。

父親の徳造の話によると、この西崎には男爵という位があるそうだ。それがどのように偉いのか梅子にはわからなかったが、西崎は以前、大阪に住んでいた事があり、徳造はしばらくそこで下男として働いていたという。

「あの頃は、本当に色々と御厄介になりまして、おかげ様で今では家族ともども明石にて円満に暮らさせて頂いております。これ皆、ひとえに旦那様と御先代様とのおかげでございまして家族ともども感謝致しておる次第でございます」

ここへ来る道すがら考えていたらしい挨拶の言葉を徳造はペラペラと吐き出しているのだが、西崎は徳造のそんな挨拶を退屈そうに聞き流しながら、先程からしきりに梅子の方へ白目がかかった鋭い視線を向けているのだった。

「お前はいくつになる」

と、いきなり西崎は梅子に質問してきた。

「ハイ、今年、十七になります」

梅子が声を慄《ふる》わせて答えると、西崎は満足そうにうなずいて、

「桃子と仲ようせい。あいつはここの女中になってもう二年になる。仕事の事など桃子に何でも教わるがいい」

と、いった。

その桃子が盆にお茶を載せて応接間に戻ってくる。

「佐山からまだ連絡は来ぬか」

と、西崎は桃子の顔を睨《にら》みつけるようにしていった。

「はい、まだ、連絡はございませぬ」

西崎は酸っぱい表情になって、ついと立ち上がると、そのまま応接間から出て行ってしまった。

西崎の今の不機嫌そうな顔つきを見て徳造は気を揉《も》んでいる。

さ、どうぞ、と紅茶を卓の上へ並べ出した桃子に詮索《せんさく》好きの徳造は、

「えらい旦那はん、御機嫌悪いようでっけど何かあったんですか。その佐山さんちゅうのは何ですねん」

と聞くのだ。

「佐山さんというのは憲兵隊の方ですわ」

桃子は仮面をかぶったような冷ややかな表情で答えた。

「へえ、その憲兵と旦那はんとはどういう――」

「それ以上、お答えする事は出来ません。旦那様に私、叱られますから」

と、桃子は一礼して、応接間より退散していくのだ。

謎の肖像画

梅子はその日から西崎家の女中になった。

父親の徳造は西崎家に一泊して次の朝にはもう明石へ引き揚げていった。

梅子は今日から自分一人の人生が開始されるのだと思うと身体《からだ》が凍る程の淋《さび》しさを感じたが、桃子が何かにつけて優しく気を使ってくれるし、親切に仕事を教えてくれるし、それで救われたような気になった。

「うち、桃子ねえさんがこう親切にしてくれはるから助かりましたわ。何しろ身寄りのない東京へ一人置かれたんですから、心細うて一時はどうなる事やと思ったんです」

梅子がそういうと桃子は満更《まんざら》悪い気はせず、

「ま、困った事があったら何でも私に相談すりゃいいわよ」

と、先輩ぶったいい方をした。

桃子の体つきは小柄でやせており、色は白いがその細面《ほそおもて》の顔立ちは如何《いか》にも冷たそうで薄情そうにも見えるが、実は情の深い女である事が梅子にも段々とわかるようになった。

年は二十一、二ぐらいと思っていたが、もう二十五にもなり、一時、結婚の経験もあると桃子は梅子に告白したのである。

結婚した相手は或《あ》る軍需工場の工場長だったが、酒癖が悪く、バクチ好きで、桃子は一年も辛抱《しんぼう》出来ずに別れ、親類の斡旋《あっせん》でこの西崎家に女中奉公するようになったという。

女中部屋は階下の風呂場の隣にある六畳で梅子と桃子はそこに一緒に寝る事になった。

「私もあんたがここへ来てくれて助かったわ。今までずっと話し相手がなく、私も淋しかったからね」

と、二つ敷いた布団を並べ、桃子は腹這《はらば》いになってセンベイをポリポリ齧《かじ》りながらいった。

どや、西崎家の女中は行儀かてよう仕込まれている、と徳造は昼間見る桃子のしとやかな物腰からそう梅子にいったものだが、女中部屋で寝る時の桃子は腹這いになってマンガを読み、きまってセンベイをポリポリ齧っている。それを見ると梅子はおかしかったし、また、むしろ人間的な親しみを桃子に感じるようになった。

ただ、梅子にとって何となく不思議に思えるのは、ここの住人は西崎ただ一人という事であった。

屋敷は広大で部屋数も十七、八はあり、そこに西崎がただ女中二人を置くだけで一人暮らしていというのは奇異な感じがする。

「旦那様には奥様がいらっしゃらないの」

と、寝床の中で或る夜、梅子は桃子にたずねてみた。

「奥様はお逃げ遊ばされたのよ」

と、桃子はマンガ本に見入りながらそういい、ふと、梅子の方を見てクスクス笑い出した。

「まあ」と梅子が驚くと、

「こんな事、私がいったとは人にはいわないでよ」

と、桃子は念を押してから、美加という西崎の妻が男を作ってこの屋敷から逃亡した事を梅子に告げるのだった。

「旦那はんはえらい腹を立てはったやろねえ」

「そりゃそうよ。第一、奥さんが一緒に逃げた相手というのがここにいた書生だもの」

へえ、とあきれたような顔をする梅子に桃子は更に続けて、

「あとでわかった事だけど、その書生というのが共産党だったのよ。書生部屋を調べてみるとレーニンとかマルクスとか共産思想の本が天井裏からどっさり出て来たんですって」

西崎は右翼系の貴族だから、そこに住みついていた書生が左翼のシンパだったとなるとこれは大変な問題だ。その書生が西崎の愛妻と情を通じ、逐電《ちくでん》したというのだから、これは飼

犬に手を噛《か》まれたどころではおさまらない。

佐山という憲兵がこの西崎邸に出入りしている理由も梅子は何となくわかってきた。西崎は憲兵隊にたえず連絡をとって、井上という書生と妻の美加に関する探索情報を聞き出そうとしているのだ。

桃子の話によると、美加夫人は三十前後で匂い立つように優雅な美女だといい、井上はギリシャ彫刻のような彫りのある美男子だという。

美加夫人は数年前、没落した物産会社の娘で、父親が病死してから家族縁者を救済するための人身御供《ひとみごくう》として西崎と結婚したようなものだと桃子は説明した。

「年が二十歳《はたち》以上も違うし、それにあの悪僧みたいな人相の旦那さんとはうまくいく筈はないわよ。男前の書生とああなっちまうのは無理ないと思うわね」

と、桃子はいい、また、センベイを齧るのだった。

その翌日、梅子は桃子に頼まれて初めて西崎の書斎を掃除した。

窓際の大きな机を拭《ふ》いていた梅子はその机の上の壁に取りつけられている十号ばかりの額縁に入った肖像画を見て、ほうと息を吸いこんだ。

それは黒のドレスに真珠のネックレスを二重に垂らした美女の油絵で、それはまぎれもなく美加夫人の肖像画である事はすぐにわかったが、なよやかな頬から首筋にかけての線と柔らかい睫毛《まつげ》の翳《かげ》り、そして高雅な冷ややかさ、また、口元のモナリザのような微妙な微笑など、梅子はその肖像画に心を奪われて何時《いつ》までもうっとり眺めていた。

かなり有名な画家が描いたものだと思われるその見事な肖像画――それを書斎の机の上に飾り立てる西崎は自分を裏切った妻とはいえ、今でも彼女を充分に愛していると想像出来る。

「何をぼんやりしておるのだ」

と、突然、背後から西崎に声をかけられて梅子はハッとして振り返った。

「ここはお前が掃除しなくてもいい。それより、階下に客人が来ている。お茶を持って行きなさい」

と、白目勝《が》ちの剛《こわ》い目を梅子に注いで西崎はいうのだった。

梅子があわてて書斎を出ようとし、ふと振り向くと西崎は机の上の妻の肖像画を腕組みしてきっと睨んでいる。

梅子が階段を降り台所へ行くと、桃子がやかんをガスにかけ、羊羹《ようかん》を切っていた。

「書斎を掃除していたら旦那はんに怒られたわ」

「あの奥様の絵を見られるのがきっと嫌なんでしょ」

桃子は羊羹を皿にうつしながらいい、

「妙な事になってきたわ。憲兵隊が井上さんの妹をここへしょっ引いて来たのよ」

　と、梅子の顔を見た。

「妹さんをいじめて、井上さんの居所を聞き出すつもりじゃないかしら。憲兵というのは全く情容赦なくひどい事をする人達だからね」

　桃子はお茶と羊羹を盆に載せ、応接間へ運んでくれるよう梅子に頼んだ。

　梅子がおずおずと応接間へ入って行くと、

「何か用か」

　と、軍服を着た憲兵が鋭い声で梅子にいった。

　応接間には二人の憲兵がソファに坐って深くうなだれているセーラー服の女学生の周囲をぐるぐる回りながら何か審問《しんもん》しているようである。

　腕章をつけている若い憲兵は二人とも鷹のように鋭い目つきをし、精悍《せいかん》な表情をしていたが、それとは逆にソファに坐って小刻みに慄えている女学生は華奢《きゃしゃ》で繊細な体つきで、その冴えた白い横顔を蒼《あお》く凍りつかせ、ガチガチと膝のあたりまで慄わせていた。

「あのお茶を持って来たのですが」

　と、梅子が憲兵の鋭い視線におびえながらいうと、

「頼まぬのに余計な事をするな」

と、憲兵の一人は梅子を睨みつけてとげとげしい声を出すのであった。

「どうもすみません」

梅子は急いで卓の上に茶と羊羹を並べて退散した。

お茶を運んで来た者に余計な事をするな、とは何という礼儀知らずの人間達だろうと腹も立ち、ドアの外からそっと中の様子に梅子は聞き耳を立てるのだった。

美しい生贄《いけにえ》

「兄の井上正信からお前の所に何か手紙が来たろう」

と、若い憲兵少尉は女学生の肩にまで垂れかかっている房々した髪の毛を手でひっぱった。

「手紙など来ません」

「嘘をつくな」

憲兵は卓の上に片足を乗せて女学生にどなった。

「こういう種の調査は本来なら特高警察の領域だが、俺達は西崎男爵とは以前から昵懇《じっこん》にして頂いておる。だから、特別に井上の事を調べているのだ。憲兵をなめると後で後悔するぞ」

佐山という憲兵少尉は女学生の薄い耳たぶを指でつまみ上げた。もう一人の憲兵は伊沢といい、梅子の置いていった茶をガブ飲みし、羊羹を口へほうりこんで、今にもベソをかきそうになっている女学生の顔を面白そうにのぞきこんでいる。

「お前、名前は何といったっけな」

「千恵子といいます」

「学校は？」

「花里女学校、四年生です」

フン、と佐山は小鼻を動かして、千恵子のクルクル慄えている長い睫毛を見つめていた。

「一体、兄が何をしたというのですか」

潤《うる》んだ美しい黒目を二人の憲兵に向けて千恵子はきっぱりした口調でいった。

「何だ、こいつ、とぼけおって」

佐山は口元を歪《ゆが》めてそういい、千恵子の耳たぶをひっぱった。

「貴様の兄はな、西崎さんの奥さんを誘惑して、この屋敷から逃亡したんだ。二人がどこに潜伏しているか、貴様が知らない筈はないだろう」

「知、知りません」

と、千恵子は二人の憲兵を睨み返すようにしていった。

「兄は貴方達《あなた》がいわれるような悪人じゃありません」

「何だと」

二人の憲兵は互いに顔を見合わせて笑い合った。

「こいつも兄貴と似て、強情な女らしいな。いいか、貴様の兄貴は共産主義者だ。そういってもわからなければはっきりいってやる。敵国のスパイだ。売国奴だ」

佐山は千恵子の耳元に口を寄せて大声でわめき、更に激しい声で、

「しかも、主人の妻を寝とった色男だ」

といい、大声で笑い合うのだった。

その時、ドアが開いて西崎がのっそり入って来たので佐山も伊沢も卓の上へ投げ出していた足をあわてて引っ込めたりした。

西崎は肘掛椅子に疲れ切ったように腰をおろして、目の前で小さく縮んでいる千恵子に陰険な眼差《まなざ》しを向けた。

濃紺のセーラー服がよく似合う華奢でしなやかな千恵子の体つき、背中にまで垂らした長い艶やかな髪の毛、そして、抒情的な象牙色の頬と稚《おさな》げな眉のあたりにじっと目をそそぐ西

崎は、次第に血の色を顔面に浮かべ出した。

事業好きだった先代譲りの財産によって西崎は現在、いわば無為徒食している退屈な身分である。彼は文学をやっていると人には語っているが、それはサドの研究、つまり、彼の書斎にぎっしりつまっている書籍はマルキ・ド・サドの原文であって、取り立てて文学研究といえる程のものではない。

サドに自分の性癖の通ずる事を知って、退屈な生活のたった一つの趣味装飾にしているわけだ。

そのサドの趣味を持つ西崎の目が千恵子という美少女を前にして妖しく輝き出す。獲物を狙う鷹の目だ、と二人の憲兵すら西崎の残忍な光を帯びた目を見ると寒気を覚えるのだった。

西崎のもとから美加夫人が逃亡したのも、この男の異常性癖が原因ではないかと彼の性癖をよく知る友人達は考えている。

倒錯した嗜虐《しぎゃく》性の持ち主、その変質性だけで生存の興味を呼びさまそうとしている哀れな男――この奇妙な貴族を憲兵の佐山と伊沢は以前より何とか利用しようとたくらんでいたのだ。

月々、かなりの小遣銭を佐山と伊沢が西崎から受け取っていたのは彼の変質的性欲を満足させてやっていたからだ。左翼思想を持つ疑いという理由だけで二人の憲兵は西崎の屋敷へ女子大生、または職業婦人、女工、左翼主義者の女房などを連れこんだ。彼女達を西崎の屋敷の裏土蔵に連れこんで、そこで憲兵得意の訊問《じんもん》から拷問《ごうもん》を開始する。それに西崎を立ち合わせるわけだ。

西崎の屋敷へ連れこまれた女性達はほとんど無実であった。それは佐山や伊沢も最初からわかっている。

ただ、これと思う女に目をつけて、思想上の事で一寸問い質《ただ》したい事があると憲兵の腕章にものをいわせ、西崎の家へしょっぴいていく。それでもうかなりの小遣銭になるのだった。あとで理不尽な憲兵の拷問を受けたとその筋に訴えて出るような女はまずいない。憲兵の腕章は昔の目明かしの十手《じって》なんかよりずっと威力が（その当時は）あったのだ。

「西崎さん、この女学生、一筋縄ではいきませんよ。如何《いかが》です、無理に口を割らしますか」

伊沢は西崎の薄赤く上気した横顔を横から眺めながらニヤリと口元を歪めた。

西崎がこの美少女をかなり気に入った様子なので佐山も伊沢もこれで商売になったと喜んでいる。

「土蔵に運びますか」

と、佐山は更に西崎へつめ寄るようにして尋ねるのだ。

西崎はハッと我に返ったようにあわてて左右に立つ憲兵に目を向け、

「仕方がないな。井上の居所はどうしても聞き出してもらわねば困る」

といった。

よろしい、といった風に憲兵は千恵子の両腕を左右からたぐり上げるようにして立ち上がらせた。

濃紺の清楚なセーラー服に襞《ひだ》のついたスカートをはいた千恵子は思ったより背が高い。細面でやや病的な位に色の白い彼女の容貌はすっかり蒼ざめ、硬化している。

何か目の前の西崎にいおうと唇を動かすのだが、恐怖のために声にならないのだ。

「さ、行こう、お嬢さん」

憲兵がそのまま強引に引き立てようとすると、千恵子はやっとひきつったような声で、

「ど、どこへ私を連れて行こうというの。一体、私が何をしたというのです」

と、激しく身を揉みながら叫んだ。

「訊問室に行くんだ。素直に兄の居所を吐けばよく、強情をはりつづけると恥ずかしい思いをしなくてはならなくなる。わかったか」

伊沢はそういうと激しく身悶《みもだ》える千恵子の硬化した白い頬をぴしゃりといきなり平手打ちにした。

あっと悲鳴を上げてよろめく千恵子の身体をうしろから佐山が抱きかかえるようにして両腕をぐいと背中の方へねじ曲げる。背中の中程に重ね合わさせた千恵子の両手首を片手でつかみ、片手を皮袋の中へ入れて真っ白いロープを引き出した佐山は目にもとまらぬ早業《はやわざ》で華奢な千恵子の両手首を縛りつけたのだ。

恐怖のために生きた心地もない千恵子の蒼白い顔を西崎は、息をつめて凝視している。紺のセーラー服の胸のあたりに二巻き三巻きと白いロープを巻きつかせて小刻みに慄える千恵子を二人の憲兵は、

「さ、行かんか」

と、荒々しく背後から押し立てるのだった。

千恵子はさも哀《かな》しげに俯《うつむ》いたまま後手に縛り上げられた身体を歩ませて応接間から廊下へ出、二つばかり廊下を回った所から裏庭の式台の上へ降り立った。

苔のついた飛石の上を黒いストッキングをはいた足が踏み、蔦《つた》のからんだ古い土蔵へ向かって千恵子は後手に縛られたまま歩んでいく。

深くうなだれ、小さくすすり上げている千恵子——そのメランコリックな象牙色の頬に長い黒髪が二本三本とふりかかって、何ともいえぬ可憐さと痛々しさが感じられるが、憲兵の伊沢はその哀れな風情《ふぜい》にふと性衝動を感じていきなり千恵子の襞のついたスカートの裾《すそ》をつ

かむとさっと上へはね上げるのだった。

「あっ」と、千恵子は悲鳴を上げる。

スラッと引き緊まった下肢が露わとなり、ぴっちりと太腿《ふともも》に喰いこんでいる赤いガーターが沁《し》み入るように西崎の目に映じた。

「ハハハ、伊沢、何もそうガツガツするには及ばんぞ。土蔵の中へ入れてからにしろ、楽しみは」

と佐山はいい、チラと愉快そうに西崎の顔も見るのだった。

「そ、それでも、あなたは軍人なのっ、獣のような真似はしないで下さいっ」

と、千恵子は今にも号泣しそうな顔つきになってスカートをめくり上げた破廉恥《はれんち》な憲兵をののしった。

「何だと。もう一度、いってみろ」

「ええ、何度でもいいますわ。あなた達は虎の威を借《か》る狐だわ」

千恵子が昂《たか》ぶった声でそうつづけると、

「貴様、女学生のくせに軍人を愚弄《ぐろう》するのか」

と、伊沢はどなり、千恵子の長い髪の毛をまた引きつかんでぐいぐいと千恵子の首を揺さぶるのだった。

地獄の拷問蔵

土蔵の網戸を佐山がガラガラと開き、どんと背中を押されてその中へ押しこまれた千恵子は無気味な内部の雰囲気に慄然《りつぜん》として棒立ちになった。

四隅に穴のあいた木製のベッドがある。木馬がある。磔《はりつけ》台がある。それ等《ら》はすべて西崎が特別に大工に注文して作らせた拷問具なのだが、妙にかび臭い土蔵内部にぎっしりとつまっていて、それを目にした千恵子は一瞬、恐ろしさのため、気が遠くなりかけた。

憲兵達の卑猥《ひわい》な仕草にカッと頭に血がのぼってきつい言葉を吐いた千恵子だが、その片意地の強さが見る見る崩れ落ちていくようにおどおどし始めたのを見て憲兵達はせせら笑うのである。

「ここに並んでいる拷問具は皆《み》んな強情な思想犯達に使ったものなんだ。お前のような可愛い女学生には試したくはないが――」

と、佐山はいい、後手に白いロープで縛り上げられた千恵子の両肩に背後から手をかけた。

「しかし、軍人を軽蔑した態度は許せん。少し、辛《つら》い目にあってもらおうか」

と、一番隅の壁に沿って打ちつけてある磔台を指さした。

その磔台は十字形ではなくX字形に作られてある。

「この磔台にかけて晒《さら》してやる。素っ裸にしてからな」

佐山のその言葉を聞くと、千恵子は頭から冷水を浴びせかけられたようにぞっとして、膝のあたりをガクガク慄わせるのだった。

「これが嫌なら素直に兄が隠れている場所を吐く事だな」

伊沢と佐山は千恵子の縄尻を引いて中央の柱に押し立てて行き、その縄尻をつなぎ止めた。

「十分だけ待とうじゃないか、伊沢君」

と、先程から土蔵の隅に突っ立ったまま美少女と憲兵のやりとりを眺めていた西崎が初めて口を開いた。

「お嬢さんにも考える時間をあげなければならんよ。君達のように何でもそう頭ごなしにどなってばかりいてはお嬢さんをむしろ頑《かたく》なにさせるだけだ」

と、落ち着いた口調でいうのだった。

それが西崎の得意ない い回しである事は佐山も伊沢もよく呑みこんでいる。

最初、大黒柱に女を縛りつけておいて考える時間をわざと与えるというのが西崎の常套手《じょうとう》段であった。考えるも何もこの土蔵へ連れこまれた女達は身に覚えのない者ばかりだから、その考える時間というのが、精神的な苦痛となる。それが西崎の狙いであった。

心理的拷問を西崎は好むのだ。

「いいかね、お嬢さん、ここに置時計をおくよ」

西崎は土蔵の壁につけられた棚より古びた置時計をとって、それをわざとらしく柱を背にしてぴったり正座している千恵子の前に置くのだった。

「この針が十分を刻んだら僕達がここへ来てお嬢さんの着ているそのセーラー服から順に脱がせていく事にする」

西崎がそういうと、伊沢は胸をはって笑い出し、

「三、四十分ぐらいで素っ裸になるぞ。恥ずかしい思いをしたくなければ早いところ兄の隠れ場所を教える事だな」

と、いうのだった。

「信じて下さい。私は本当に兄の居場所は知らないのです」

柱に縄尻をつながれている千恵子は身を狂おしく揉みながら悲痛な声をはり上げた。

「まだ、あんな強情な事をいってますよ」

伊沢はせせら笑って西崎の顔を見た。

「こういう娘はやっぱり時間をかけてゆっくり責めなければなりませんな」

佐山もそういって西崎の淫靡《いんび》な微笑に目を向け、

「女中にここへ酒でも運ばせて気長にやりますか」

と、いうのだった。

——梅子は桃子と台所で昼食の支度にかかっていたが、そこへ伊沢がずかずかと入りこんで来て、

「土蔵へビールと軽いつまみを運んで来い」

と、横柄《おうへい》な口調で命令し、卓の上に並んでいた野菜の煮つけをつまんで口にほうりこみ、そのまま土蔵の方へ戻って行った。

「すごく憲兵って横柄なのですね」

と、梅子は大根を刻んでいる桃子に声をかけた。

「そうよ。あいつ等、いつもあんな調子よ。あんなのを家へ出入りさせる旦那さんの気が知れないわ」

と、桃子はエプロンで手を拭きながらいった。

「それより、うち、さっきの女学生、どうなったか心配やわ」

梅子は先程、応接間で二人の憲兵につめ寄られていた美しい女学生の話を桃子にしていた。

応接間をこっそり外からのぞき見してた時、西崎がやって来たのであわてて台所へ逃げた

のだが、左翼主義者の兄の居所を吐けとつめ寄られていた女学生の事が梅子は気になって仕方がない。

土蔵へビールを持って来い、と憲兵がいうので恐らくあの美しい女学生は土蔵へ連れこまれたのに違いないが、そこであの鬼のような憲兵達にどのような拷問を受けている事やら、それを想像すると梅子は胸が痛むのだ。

だが、桃子の方はケロリとした表情で大根を刻んでいる。

こんな事は今日だけではない、と桃子はいうのだった。

「あの憲兵も旦那さんも土蔵へ女を連れこんでなぶりものにするのが好きなのよ。私も最初はびっくりしたけど今じゃ、もう馴《な》れっこになってしまったわ」

はい、このおビール、お願いね、と桃子は包丁を置くと盆の上にビールを三本並べ、それに煮豆などをつけて梅子に渡すのだった。

「あなたもその内、馴れるわよ」

桃子はそう梅子にいうのだったが、梅子は桃子の図太い神経に半ばあきれながら、

「桃子ねえさんはそんな憲兵の拷問なんか見ても平気でいられるの。私はとても見ちゃいられへんわ」

と、もう盆を持つ手を慄わせている。

「そんな事いってりゃ、このお屋敷で働く事なんか出来ないわよ」

桃子はそういって笑い出すのだ。

旦那さんのいう事には絶対服従やぞ、といった父親はこの屋敷でこんな拷問が日夜行なわれている事を知っていたのだろうか、と梅子は奇妙な気分になった。

「さ、土蔵へ行ってらっしゃい。何もあなたが拷問されるわけじゃなし、そうビクビクする事はないわよ」

と、桃子は梅子の肩を軽くたたくのだった。

梅子はビールの載った盆を土蔵へ運んでいく。

「おビールを持って参りました」

と、土蔵の網戸の外から梅子が声をかけると、

「馬鹿におそかったじゃないか」

と、伊沢が舌打ちして、ガラガラと網戸を開くのだった。

ふと、土蔵の内部に眼を向けた梅子は、あっと小さく声を上げた。千恵子があの濃紺の可憐なセーラー服を剝《は》ぎとられ、純白の匂うような清楚なスリップ姿になって大黒柱を背にし、深くうなだれている。

千恵子はスリップ一枚にされて後手に縛り上げられているのだ。

小刻みに肩先を慄わせてシクシク泣きじゃくっている千恵子を見つめながら二人の憲兵と西崎はビールを飲み始めるのだった。

「待たんか」

居たたまれず、梅子がかけ出そうとすると西崎がこわい目で睨みつけるようにしていった。

「お前はここでビールの酌をしなさい」

蛇のような西崎の目におびえて梅子が慄えながら土蔵の中へ入って行くと、

「いいか、この土蔵の中の出来事は他でしゃべってはいかんぞ。それはいわれなくてもわかっているだろうな」

「ハ、ハイ」

梅子はうなずいて、大黒柱につながれているスリップ一枚の哀れな女学生の方にこわいものでも目にするようにそっと顔を向けた。

純白のスリップに華奢でしなやかな肢態《したい》を包んでいる千恵子の縮めた足はムチムチと腿のあたりが引き緊まり、黒のストッキングが妙に媚《なま》めかしい色気を滲ませている。

「そろそろ十分経過だ。さて、次はシュミーズを脱がせるか」

佐山と伊沢がそういってコップを置くと同時に椅子から立ち上がった。

「待、待って下さい。本当に私は知らないんです」

千恵子は酒気を帯びた憲兵が近づくと激しく狼狽《ろうばい》して首を狂ったように左右へ振った。黒目勝ちの彼女の美しい瞳には涙がキラキラと浮かんでいる。

「これ以上、恥ずかしい目に遇《あ》いたくなけりゃ、口を割る以外に方法はない。わかったか」

憲兵は柱につないだ縄尻を解いて千恵子を立ち上がらせると素早く縄を解いた。

「嫌っ、ああ、堪忍《かんにん》してっ」

千恵子は憲兵の一人にスリップの肩紐を引きちぎられると激しい悲鳴を上げて柱にしがみついた。

「お願いですっ、本当に私、知らないんです」

「つべこべいうな」

ビリビリと白いスリップは無残に引き裂かれていき、千恵子は狂気したように泣きわめいた。

梅子はもう見るに忍びず、それから視線をそらせたが、柱から床に転んでいった千恵子に憲兵達は嵩《かさ》にかかってまといつき、遂にスリップも引き剝がし、黒のストッキングもがむしゃらに脱がせてしまった。

ああっ、と千恵子は野獣と化した憲兵の間で激しい身悶えをくり返しながらパンティ一枚にされた白磁の裸身を小さく縮みこませようとしている。やっとふくらみかけたようないじらしい二つの乳房を両手で覆いつつ、その華奢な象牙色の裸身を縮めて尻ごみする千恵子なのに憲兵二人は残忍にもそんな千恵子を左右から押えこみ、乳房を覆う千恵子の茎のように細い両腕を再び背後にねじ曲げてキリキリ後手に縛り上げてしまうのだった。

「どうだ、恥ずかしいか、お嬢さん」

伊沢は千恵子を縛った縄尻を再び大黒柱につないで口元を曲げた。

「まだ口を割る気にならんかな。あと十分で、今度は腰につけている最後のものも脱がなきゃならんのだぞ。しゃべるなら今のうちだ」

伊沢は佐山に注《つ》がれるビールをうまそうに一息に飲んで酒気に濁った粘っこい視線を柱につながれている千恵子に向けるのだった。

淫《みだ》らな視線

一人の美少女をなぶりものにし、それをまた酒の肴《さかな》にしている二人の憲兵と西崎は、もうこれ以上正視するに耐えず土蔵から飛び出そうとする梅子を、

「おい、こら、どこへ行くっ」

と、一喝し、酒の酌をつづけさせるのだった。

女学生の千恵子は濃紺のセーラー服も純白のスリップも憲兵達の手で剝ぎとられ哀れにもパンティ一枚の裸にされてしまっている。

しかも華奢で茎のように細い両腕は痛々しいばかりに背後へねじ曲げられて、白いロープできびしく縛り上げられているのだ。

その縄尻は柱につながれて行儀よく膝を曲げて坐ったまま、千恵子はがっくりとうなだれている。

長い髪の毛を繊細な陶器のように冷たい肩先に垂らしてシクシクとすすり上げている千恵子を見ると、梅子はもし自分があんな目に遇わされれば気が狂ってしまうのではないかという恐怖感もわき、ガクガクと膝のあたりが慄えるのだった。

「何もお前がそう慄える事はないじゃないか」

と、西崎は憲兵の一人に注がれたビールを口に運びながらおかしそうに梅子に目を向けた。

その妖しい光を滲ませた西崎の目を見た梅子はスーッと走る寒さに似た恐怖を身内に感じ、あわてて視線をそらせるのだ。

蛇みたいな目だ、と梅子は思った。梅子は田舎の便所の窓からぬーと鎌首を差し出した青大将を見て子供の頃、失神した事がある。

今、自分を見つめる西崎の目を見て梅子はあの時の青大将の目を思い出したのだ。ぞっとするような冷たい西崎の目——これは人間の目だろうかと梅子は慄然とする。

西崎はその目を柱につながれている千恵子の方に戻して、千恵子の膝の前に置かれた置時計をチラと眺めた。

「そら、お嬢さん、あと三分だよ。三分たてば最後の腰のものも剥がされる事になる。男達やうちの女中なんかの見ている前でそんな恥ずかしい姿にされるのは嫌だろう。嫌なら早く井上の逃亡先を吐く事だ」

西崎は千恵子に訊問し、そんな風にネチネチしたいい方を自分で楽しんでいるのだ。

ようやくふくらみかけたような乳房の上下にロープをきびしく巻きつかせ、深くうなだれたまま何処《どこ》となく気品のある綺麗な頬を涙で濡らせている千恵子は、ぞっとしたように顔を上げ、西崎の異常者めいた鋭い目を哀しげに見つめるのだった。

「い、いくらおっしゃっても、私、本当に知らないんです。ああ、もう堪忍して下さい」

声を慄わせながらそういった千恵子は、たまらなくなって全身を慄わせて号泣し始めた。

「まだ強情を張るのか」

と、憲兵の伊沢が千恵子の滑《なめ》らかに引き緊まった太腿の上に足を乗せてぐいぐいとしごいた。

二人の憲兵も西崎も千恵子は本当に井上の居所を知らない事に気づいている。それは充分、承知しての責め折檻《せっかん》をつづけているわけだ。

「おや、もう時間だな」

と、今度は憲兵少尉の佐山が置時計に目を向けてニヤリと笑った。

「それじゃ、最後の一枚も脱いで頂こうか」

二人の憲兵は柱に結んであった縄尻を解いて千恵子の裸身を強引に立ち上がらせた。

「嫌、嫌ですっ」

千恵子は男の手が純白のパンティにかかると狂ったように緊縛された華奢な裸身を悶えさせる。

「お、お願いです、私は、私は本当に何も知らないっ」

と、泣きじゃくりながら千恵子は二人の憲兵の間で激しく身を揉むのだったが、

「こら、おとなしくせんか」

と、佐山が腰を落として千恵子のパンティを一気に足元までずり下げてしまったのだ。

あっと千恵子は一瞬、呼吸も止まるばかりの羞恥で真っ赤に火照《ほて》った顔をねじりながらその場に身を縮みこませようとした。

「待って下さいっ」

と、思わず梅子は声を上げた。

憲兵二人は千恵子の身をかがませる事も許さず、柱に背中を押しつけて立位のまま縛りつけようとしていたが、突然、梅子が大声を上げたので驚いたように梅子の方に目をやった。

「そのお嬢さんは、ほんまに何も知らはらしません。どうか、もう堪忍してあげて下さい」

梅子は我を忘れて必死な声を出したが、

「そんな事、貴様にどうしてわかるんだっ」

と、佐山は目をつり上げて梅子にどなりつけた。

「そやけど、大の男が三人も寄って、女学校に通ってはるようなお嬢さんを責め折檻するなんてあんまりひど過ぎると思いますわ」

と、梅子も半分自棄《やけ》になって佐山に喰ってかかった。

「うるさい。憲兵が政治犯を訊問するのがどうしていかんのだっ」

伊沢が梅子の襟首をうしろからいきなりつかんだ。

「ま、待ちなさい」

西崎が伊沢をなだめるように手を上げた。

「この女中はつい最近、雇い入れたんだ。この屋敷の中の事ははっきりわかっちゃいない」

西崎はそういってから、梅子の顔を見て、

「何もわしは好きでこういう事をやっているんじゃない。これも国のためなのだ」

と、いうのである。

「国のため？」

梅子は呆然《ぼうぜん》とした表情になった。

まだ世間の事はろくに知らない女学生を拷問にかけるのがどうして国のためになる事なのか梅子にはさっぱりわからない。

「いいか、このような左翼主義者を訊問するのは国家のためなんだ。お前なんぞ口を出す幕ではない」

と西崎はいい、憲兵二人に柱にヒシヒシと縛りつけられていく千恵子の方をさも楽しそうに眺めるのである。

柱を背にして立位にされ、がっちりと縛りつけられてしまった千恵子は涙の滲んだ柔らかい睫毛を閉じ合わせ、線の美しい繊細な横顔を見せて慄えている。その美麗な横顔に長い髪の毛がひと筋ふた筋乱れかかっているのも華奢な色っぽさを匂い立たせ、二人の憲兵と西崎は好色そうな目つきでじっと哀れな美少女の全裸像を眺めているのだ。

柔らかく盛り上がった胸の隆起も、透き通るように白い肩から腹部にかけての肌理《きめ》も、如何にも少女っぽい稚さを見せていたが、腰部から太腿にかけての肉の緊まりようはもう立派な女を感じさせ、太腿の間にぴっちり挟まれた羽毛のように薄い繊細な茂みは何ともいえぬ悩ましい官能味を感じさせている。

千恵子は男達の淫らな視線を痛い程全身に感じて身悶えを示し、長い美しい髪を揺さぶってはすすり上げている。

「久しぶりだな。生娘《きむすめ》の素っ裸を眺めるのは」

と、西崎は伊沢の顔を見ながらニヤリと口元を歪めた。

「どうだ、こうまでされてもまだ強情をはる気か」

と、伊沢は千恵子の黒髪を手でつかんで右に左にしごいた。

千恵子はもう固く口をつぐんだまま何も答えない。

時々、チラリと敵意と反発のこもった瞳を西崎の方に向け、その目をすぐ閉じ合わせて、どうとも好きなようにするがいいとでもいった冷ややかさを顔面に滲ませるようになってきた。

「顔に似合わずしぶとい女ですな」

と、佐山は千恵子の冷ややかな横顔を憎々しげに見ていった。

「西崎さん。もうこれ以上、女から剝ぎとるものはありませんよ、どうします」

と、伊沢は西崎の顔を見て淫靡な微笑を口元に浮かべる。

西崎はうむとうなずきながらその目はぴったりと両腿を閉じ合わせている千恵子の股間に注がれていた。

その部分をわずかに翳らせているような繊細で柔らかい繊毛、その内部の秘密っぽい色香がほのかに立ちのぼるような息苦しさに西崎はごくりと生唾《なまつば》を呑みこんでいる。

「剃《そ》りますか」

と、西崎の性癖を知っている伊沢は声を立てて笑いながらいった。

「あと十分待とう」

と、西崎はいった。

「いいかね、お嬢さん、これでも井上の居所を吐けないとなると、生え揃ったばかりの毛を剃り上げられる事になるんだよ」

西崎はそういって千恵子の世にも哀しげな顔を凝視するのだった。

西崎は意地悪く再び置時計をぴったり揃えている千恵子の足元に置くのだった。

「西崎さん、あ、あなたって人は悪魔だわっ」

千恵子は悲痛な表情になって西崎の蛇のような目を見返した。

「まあ、何とでもいい給《たま》え。井上の居所を吐く気になるまで十分刻みにいろいろな方法でお嬢さんに恥ずかしい思いをさせてあげるからね」

西崎は、千恵子のキリッと緊まった端正な美貌と華奢で透き通るような色白の美しい裸身に惚《ほ》れ惚《ぼ》れと見入りながらせせら笑うようにいうのだった。

「そら、そういう内にもう五分は過ぎたよ。どうかね、まだ、吐く気にならないかね」

と、西崎は楽しげにいい、ふと、梅子の方に目をやって、

「風呂場へ行って剃刀《かみそり》と石鹸《せっけん》をここへ持って来なさい」

と、命じるのだった。

柔らかい繊毛

梅子は夕食の支度を整えて茶の間のラジオの音楽をぼんやり聞いている桃子に、

「私、もう恐ろしくて土蔵へは戻れない」

といった。

「あんな純情そうな女学生を憲兵二人と拷問するなんて」

旦那さんのやっている事は正気の沙汰とは思われない、と梅子は桃子に告げるのである。

「あれはたしかに病気よ。奥様がここから逃げ出してからあの病気は段々と激しくなったみ

たいね」

桃子は案外けろりとしている。

「桃子ねえさんは旦那さんの病気、気にならへんの」

「最初はびっくりしたけれど、もう馴れっこになってしまっているわ」

梅子は、平然としている桃子が不思議でならなかった。

「あのね、旦那さんが風呂場から剃刀と石鹸を持ってこいといわはるのやけど――」

梅子はそれを持って土蔵へ戻る勇気がないからかわってくれないかと桃子にいうのだ。

「いいわよ」

と、桃子は立ち上がり、

「旦那さんも悪趣味ね。新米のあんたの前で何もそんなものまで見せなくてもいいのに」

といって笑うのだ。

桃子は鼻歌をうたいながら風呂場へ行き、西洋剃刀と刷毛《はけ》や石鹸などを盆に載せて戻って来る。こんな仕事は今までに何度もくり返していたらしく何のためらいも示さなかった。それだけではなく、茶の間に小さく坐りこんでいる梅子の方に盆の上の西洋剃刀を取って見せ、

「これであの女学生のあそこの毛をつみ取ろうというのだから、旦那さんの悪趣味もはなはだしいわ」

といって笑うのだ。

梅子は剃刀を見せられた時、自分のその部分も剃られるのではないかと恐れるように顔を真っ赤にして着物の裾を直しながら後ずさりしていく。

「それじゃ私、土蔵に行ってくるわ。そのかわり、台所の方の後片付けはお願いするわよ」

と、桃子はいい、廊下の方へ出て行く。

梅子はふと、桃子もあのような美少女をいじめる事に興味を持っているのではないか、と考え、寒気のようなものを覚えた。第一、桃子はただの一言もあの千恵子という女学生に対し同情の言葉を吐かないではないか。

よくも平気で女学生をいたぶる西崎に協力する気になるものだと思ったり、自分もまたここで何日か過ごす内にあんな光景を見ても平気でいられるようになるのではと思い、嫌な気分に梅子は陥った。

——桃子が土蔵に入って来ると、西崎は、酒気の火照りを満面に浮かべながら、

「なんだ、桃子か」

と、苦笑して見せた。

「梅子さんが急に頭痛がするというものですから私が剃刀など持って参りました」

桃子はそう答えて手にしていた盆を床の上へ置いた。

「梅子の奴、こんな光景を初めて見たものだから度胆を抜かれたんだろう」

「いけませんわ、旦那様。梅子さんはまだ十七になったばかりですのよ」

桃子は西崎にそういってたしなめたが、すぐ目の前の柱に立位で縛りつけられ、三匹の狼のなぶりものになっている千恵子も十七になったばかりなのだ。

その十七歳の被害者が桃子の持って来た剃刀などを見て血の気を失い、膝頭のあたりをガクガク慄わせている。

「おい、どうだ、まだこれ以上、恥ずかしい目に遇いたいのか」

佐山はその剃刀を手にとって素っ裸の千恵子の傍《そば》に近寄っていく。

「せっかく生え揃ったものをこれからお前は剃りとられるんだぞ。それでもいいのか」

佐山が少し腰をかがめて千恵子の股間の淡い翳りに剃刀を近づけると、千恵子は激しい狼狽を示して緊縛された全身を揺さぶった。

「やめてっ、ああ、堪忍してっ」

「それなら兄の居所を吐けっ」

「知っているものなら本当に話します。でも、私、何も知らないんです。兄がどのような思想を持っていたかという事も――」

千恵子は激しく泣きじゃくりながらわめくようにいった。

「こう暴れると剃りにくいな。よし、佐山、娘の脚を縛れ」

伊沢は皮鞄の中から別のロープを出して佐山に投げ渡した。

「嫌っ、堪忍してっ」

千恵子は二人の憲兵が足を取り押えようとすると、激しく腰をねじり、スラリと伸びた優美な二肢をばたつかせた。

「おとなしくせんかっ」

佐山は大声でどなり、大粒の涙をしたたらせている千恵子の頬を力一杯、平手打ちした。

「毛を剃られる位でうろたえてはおられんぞ。まだまだお前を泣かせる方法はあるんだからな」

そうどなった伊沢は佐山と一緒に千恵子の下肢を取り押え、ぴったりと揃えさせて柱にきびしく縛りつける。

西崎は憲兵達にいじめ抜かれている千恵子の方を陶酔した表情でじっと眺めている。

上半身も下半身もがっちりと柱に縛りつけられてしまった千恵子は泣き濡れた美しい瞳をじっと前方に向け、ギューと唇を噛みしめていた。

「桃子、お前も手伝わんか」

と、西崎は桃子の肩をたたいていった。

「その女学生の柔らかい毛に石鹼を塗ってやれ。仕上げは俺がする」

西崎にそういわれた桃子は、じっと千恵子の華奢な線で取り囲まれた美しい裸身に目を注ぎながら、冷酷な微笑を口元に浮かべた。

「旦那様がどうしてもそうしろとおっしゃるなら、私、従いますわ」

桃子は冷ややかにそういって石鹼を水で溶かし始める。

「ほう、この女中はさっきのと違って仲々協力的ですな」

「この女中はいささか残酷趣味を持っているんだ。今に俺のよき相談相手になるかも知れん」

と、西崎は二人の憲兵の顔を見て笑っている。

桃子は石鹼水をたっぷり浸した刷毛を持って柱に縛りつけられている千恵子の前へ膝を折って坐った。

「何、何をするのっ、ああ、やめてっ」

千恵子は冴えた象牙色の頰を真っ赤に火照らせて緊縛された裸身を狂おしく揺さぶった。

「いくらあがいても駄目。覚悟をきめる事ね」

桃子は身悶える千恵子を小気味よさそうに見ながらそんな口をきくのである。

千恵子は桃子の非情な言葉に慄然とし、もう身悶える気力も喪失したようにがっくり首を落としてしまった。

桃子の持つ刷毛が絹のように柔らかい繊毛をゆるやかに撫《な》で始めると一切の望みを放棄したように全身を硬化させていた千恵子だったが、一瞬、蘇《よみがえ》ったようにブルっと腰を振り、やめて、っとヒステリックな声をはり上げたのである。

嫌よ、嫌っ嫌っ、と柱につながれた陶器のように美しい裸身をくねらせて再び身悶えを示す千恵子だったが、桃子はかまわず石鹼水をたっぷり含んだ刷毛で上から下から幾度も幾度も撫でさすっていく。そのおぞましい感触に千恵子の双臀はブルブルっと痙攣《けいれん》するのだ。

ああ――と千恵子はやる瀬ない吐息をつき、やがてその屈辱の感触の中に自分を投入していくのだった。

「どう、そう悪い気分じゃないでしょう」

桃子はなおもしつこく刷毛を使って千恵子のまだ成熟し切っていない肉体を順応させていく。

次第に力無さを帯びてくる。

「桃子、楽しそうだな」

と、西崎が声をかけると、桃子はチラと西崎の方を見て、

「私、こんな可愛いお嬢さんを見ると無性にいじめてみたくなるんです。私って変態なのかしら、旦那様」

「いやいや、大いに結構だ。お前はわしのいい助手になるよ」

西崎は愉快そうに腹を揺すって笑った。

「よし、あとは俺が仕上げる」

西崎は剃刀を手にして千恵子に近づくと千恵子の長い髪の毛をひきつかんでぐいと顔を正面にこじ上げた。

「どうだ、うん、まだ兄の居所を吐く気にならんか」

千恵子は滑らかな頬に涙をとめどなく流しながら気弱に首を左右に振った。

「仕方がないな」

西崎は揉み抜かれるような陶酔に浸りながら静かに腰をかがめていき、剃刀の刃を石鹸にぐっしょり濡れている繊毛の上へそっと当てていく。

千恵子は固く目を閉ざし、唇を噛みしめ、全身を火のように熱くしながらこの身の毛もよだつような慣辱をぐっとこらえていた。

西崎の持つ冷たい刃が千恵子の肌に陰湿に滑り始めると、千恵子は幾度も全身をガクガクと痙攣させた。

「嫌っ、ああ、嫌」

と、千恵子は下半身を慄わせ、激しい啼泣《ていきゅう》を口から洩《も》らす。

西崎にわずかずつ剃りとられたものが、千恵子の美麗な太腿の上を滑って土間に散っていくのだ。

全身の血が逆流するような羞恥と屈辱に緊縛《きんばく》された裸身を断続的に千恵子は痙攣させているのだが、それを桃子は何ともいえぬ楽しげな表情で眺めている。

二人の憲兵も剃毛《ていもう》の私刑《リンチ》を受ける千恵子を酒の肴にして哄笑《こうしょう》していた。

「素直に井上の居場所を教えぬからこういう恥ずかしい目に遇うのだ。うん、みんなお前が悪いんだぞ」

佐山は飲み乾《ほ》したビールのコップを土間の隅へ置いてそういった。

「動いちゃいかん。大事な所に傷がつくじゃないか」

西崎はブルブル慄える千恵子の白い華奢な太腿に片手を巻きつかせてぴったりと寄り添い、剃刀を微妙に動かせていく。

淡い煙のような繊毛は忽《たちま》ち跡かたもなく綺麗に剃りとられて白桃にも似た可憐な亀裂がそのあとに生々しく浮かび上がってくる。

「そらそら、可愛い谷間がはっきりとなったぞ」

西崎のそんな言葉のいたぶりで千恵子の嗚咽《おえつ》はますます激しくなっていく。

「そーら、出来上がりだ」

西崎はどっこいしょ、と腰を上げ、自分の仕事のあとを世にも楽しげな表情で凝視するのだった。

「ほう、見事な上向きだ。見ろ、可愛い舌をちょっぴりのぞかせおって」

西崎はそういって憲兵達の顔を得意そうに見た。

男達の嘲笑《ちようしよう》と貪《むさぼ》るような視線の中で身も世もあらず悶え泣いている千恵子の風情がまた何ともいえぬ媚めかしさで、一層、男達の官能を切なくうずかせていく。

「桃子、肌アレのしないようにクリームを塗ってやれ」

西崎は懐《ふところ》から小さな瓶に入ったクリームを桃子の手に渡した。あらかじめ、そんなものまで用意している西崎の嗜虐趣味に佐山も伊沢も舌を巻いている。

また、それを顔色一つ変えず受け取って指先にたっぷりと掬《すく》いとり、羞恥と屈辱の極《きわみ》にすすり泣いている千恵子の前に腰をかがめる桃子の残忍さ、二人の憲兵は小首をかしげるようにして目を見合わせるのだった。

桃子は平然としてクリームを千恵子のそれに塗りつけている。

うっと千恵子は電流に触れたように再び、ガクガクと華奢な腰部を慄わせ、打ちのめされたように首をのけぞらせた。

「ほんとに可愛いわ。桜の花びらみたい」

と、桃子は周辺にクリームを塗りながら、その中心部よりも恥ずかしげに首をのぞかせている女のシンボルを面白そうに指でつついたりし、美少女の屈辱感を一層、昴めようとしている。

地獄屋敷

その夜、女中部屋で床に入ってから、梅子は桃子の様子が何時もと違っているのに気がついた。

普通なら床の中でマンガ本をせんべいを齧りながら読んでいる桃子なのに夜具に仰臥《ぎょうが》したまま、とろんとした瞳を天井に向けて何か思いつめた表情になっている。

「どうしたの、桃子ねえさん、今日は様子が何だか変だわ」

と、梅子が声をかけると、桃子は梅子の方に顔を向けて口元に微妙な微笑を浮かべるのだった。

じっと梅子を見つめる桃子の瞳には妖しい光が滲んでいる。

「旦那さんの手伝いをしてあの女学生をいじめている内に、何だか私、気分が乗っちゃって」

と、桃子はいい、今夜は興奮して仲々寝つかれそうじゃない、ともいうのだ。

「桃子ねえさんって、変わっているわ。あんな可愛い女学生を旦那さんと一緒によくいじめる気になるわね」

「そう、私、一寸、変わっているのよ。ああいう美少女を見ると無性にいじめて泣かせてやりたくなるの。おかげで今日は随分と旦那さんにほめられたわ」

全くこの家は変わっている、と梅子はやり切れない気分になった。

罪もない美少女を裸にして拷問するような恐ろしい主人、また、その女中も美少女をいじめる事が好きだといい、その奇怪な主人の行為を手伝っている。

こんなに奇妙な家が他にあるだろうかと梅子は不思議になるのだ。

「それで、あの井上という書生の妹さん、あれからどうなったの」

「まだ、井上の居所を吐かないというので土蔵の中に監禁されているわ」

「まあ」

梅子は呆然として桃子の顔を見た。

「あんな恥ずかしい姿にされたままであのお嬢さん、まだ土蔵の中に――」

梅子は慄然とした。

「旦那さんは、時間をかけてネチネチと女を責める癖があるのよ。可哀そうだけれど、あのお嬢さん、明日一日ぐらいは土蔵から出られないと思うわ」

そんな馬鹿な、と梅子はいった。

「あのお嬢さん、井上さんの居所なんて本当に知らへんわ。それがわかっているくせに旦那さんはお嬢さんを責めつづけているのよ。あれじゃ、まるで旦那さんは変態やわ」

と、梅子は昂ぶった声でいった。

「そんな事ぐらい私だってわかっているわよ」

桃子は興奮する梅子を面白そうに見ていった。

「何かの口実がないと彼女を責めるって事が出来ないじゃないの。これだけはあんたも覚えておかなきゃいけないわ。旦那さんは美しい女性を淫らな方法で責めるって事が飯より好きな人——そして、私も」

桃子はそういって口元に妖しい微笑をつくりながら、キラリと目を光らせた。

梅子は桃子が妖怪の化身ではないかとその瞬間、感じてぞっとする。

急に桃子の身体が夜具を蹴るようにして起き上がり、梅子の手をつかんだ。

梅子は、あっと声をあげ、強く抱きしめてくる桃子をはねのけようとした。

「桃子ねえさんっ、何をするの、嫌よっ」

しかし、桃子は梅子の身体を両手をひろげて抱きしめたまま夜具の上へ押し倒していく。

「梅子、私、今日は燃えちゃったのよ。ね、いい子だから私のものになって」

夜具の上へ倒した梅子の上へ桃子は覆いかぶさって梅子の唇へ唇を押しつけようとするのだ。

女同士で、何て恥ずかしい事を――梅子は激しく顔を揺すって両手を突っ張り、桃子を押しのけようとしたが、桃子の力は意外に強く、片手を梅子の首に巻きつかせ、その場に押しつけたまま、もう一方の手で寝巻の上から乳房を強く揉み上げてくる。

狼狽した梅子は狂ったように両肢《あし》をばたつかせたが、すると桃子は自分の片肢を開いて梅子の肢にからませ、動きを封じようとしてくるのだ。そして、一方の手は、依然として乳房を揉み続けている。

必死にあがいても桃子の体は強く粘りつき梅子は乳房を揉まれたり、首筋のあたりを甘く唇でくすぐられている内、次第に全身から力が抜けていくのを感じ出した。

執拗に求めて来る桃子の唇を防ぎ切れず、梅子はぴったりと桃子の唇を唇で受け止めてしまったが、すると、忽ち、身体中が不思議な位に溶けて来て、全身が宙に浮き上がったような頼りなさを帯び始めた。

女同士の接吻《せっぷん》など、それは梅子にとっては生まれて初めての経験であった。

たまらない嫌悪とどうにも説明のつかない甘い陶酔感とをごっちゃにして味わいながら梅子は桃子のするがままに任せていたが、桃子は熱い息を吐きながら唇と一緒に舌を使って、梅子の口中を幾度となく愛撫《あいぶ》し、舌で梅子の舌を探り当て、強く吸い上げたりする。

何時の間にか梅子の着ているネルの寝巻の襟元は大きくはだけて一方の胸のふくらみは露出したが、それを桃子は片一方の掌《てのひら》で揉みしごきながら、更に強く唇を吸って、もう一方の手では梅子の寝巻の紐を解《ほど》き出しているのだった。

「ああ、桃子ねえさん、そんな――」

さっと上体を起こさせた梅子から桃子は寝巻を一気に剝ぎとってしまったのだ。

下着もあっという間に剝ぎとられて、パンティ一枚の裸身にされてしまった梅子は、耳たぶまで真っ赤に染めて、露わになった乳房を両手で覆いながら俯《うつぶ》してしまった。

「梅子、これもとって」

「嫌っ、嫌よ、どうしてこんな事をするの、桃子ねえさん」

梅子は最後の腰のものを剝がそうとして、腰のあたりに手をのばして来る桃子の手を振り払うようにして夜具の上に額を押しつけたが、執拗に喰い下がる桃子はパンティのゴムのあたりをしっかり押えている梅子の手をもぎとるようにとった。

「あっ、やめて」

梅子は両腕を桃子に背中へねじ曲げられてしまったのである。背中の中程に重ね合わした梅子の両手首を桃子は寝巻の紐で縛りつけようとするのだ。

「ああ、桃子ねえさん、どうして私にまで乱暴するの」

「乱暴しているのじゃないわ。あなたが好きだから私、こんな事がしたくなるのよ」

白い背中の中程で梅子の両手首を寝巻の紐で縛った桃子は、

「さ、これで諦《あきら》めがついたでしょ。腰のものを脱いでね」

両手を後手に縛って梅子の自由を封じると桃子は一層調子づいて背後から梅子にしがみつき、最後の楯《たて》を脱がせにかかった。

必死に腰をよじって抵抗したが、それも空《むな》しく、パンティが桃子の手でずり降ろされ、足首から抜きとられてしまうと、梅子はすーと気が遠くなりかける。

「ね、梅子、お願い、私のものになって」

桃子は後手に縛った梅子をそっと夜具の上へ仰臥させていき、上《うわ》ずった声でそう叫ぶと再び梅子の唇に唇を重ね合わした。

梅子は桃子の熱っぽい接吻と、それと同時に掌を使って乳房から下腹部あたりを撫でさする愛撫を受けて、もうどうにもならぬ切なさのこもった快美感を夢うつつに知覚するようになった。

桃子は梅子の反発がおさまったと見るや、首筋から乳房にかけて唇と舌を使って幾度も愛撫し始め、やがて、その口吻《くちづけ》をぴったり揃えさせている太腿の付根あたりに注ぎかけるようになる。

「ああ、桃子ねえさん、もう許して」

と、梅子は桃子に片肢を抱きとられるようにして下腹部から腿にかけて愛撫されると我を忘れて大声をはりあげた。

梅子の身体の中で一番敏感な部分に桃子はいきなり唇を押しつけ出したのだ。

ああっ、と梅子は寝巻の紐で縛られた裸身を夜具の上で狂ったようにのたうたせる。

そんな所に口吻されるというたまらない嫌悪感に梅子は毛穴から血が噴き出るような恐怖を一瞬感じたが、快感の急所を鋭くえぐってくるような桃子の唇と舌先に五体が何時しかすっかり痺れ切ってしまった。

微妙な生物のように桃子の舌先が粘っこく梅子のその部分を嘗《な》めさすって、深く浸入して来ると、梅子はこのまま自分がどろどろに溶かされてかき消されていくのではないかと思う位の官能の悦楽を感じたのである。

生まれて初めて味わう形容の出来ないこの快美感——ああ、もうどうなってもいいと梅子は恐ろしさも嫌悪感もすっかり忘れ果てて自分の方から二肢を割り、一匹の性獣と化したような桃子の口にその急所の部分を強く愛撫させていく。

——ふと、梅子が気づいた時には、何時の間にか全裸になっている桃子に抱かれた格好で夜具の中に入っていた。

桃子は梅子にぴったり肌をつけるようにして静かに寝息を立てている。

縛られていた紐は解かれていたが、梅子はやはり桃子と同じように一糸まとわぬ素っ裸のままであった。

桃子の粘っこい舌先の愛撫を受けている内に失神した自分に気づき、梅子は何ともいえぬ不快な感じに今度は見舞われ出してあわてて上体を起こした。

何か取り返しのつかない事をした気分にもなって嫌悪と羞恥にさいなまれながら梅子は素早く寝巻を身につけた。

満足したような表情でスヤスヤ眠っている桃子が急に腹立たしくなって起き上がった梅子はフラフラと廊下へ出て行った。

恐ろしい西崎と無気味な桃子、この主人と女中の間にはさまれてこれから生活しなければならないのかと思うと梅子はたまらない気持ちになった。

まるで、自分は蛇の穴に落ちこんだようなものだ、と梅子は思い、田舎が恋しく想い出されて涙があふれ出た。

廊下から梅子は庭の方に回っていく。

庭下駄をはいて沓《くつ》脱ぎ石の上に降りると、松の枝の上に燐光のように輝く月が浮いていた。

庭の樹木が粘っこい月の光波を受けて黒い影をうつし出しながらシーンと静まりかえっている。

ふと、梅子は庭の中を歩いていて、昼間、千恵子が憲兵達に連れこまれた土蔵がすぐ目の前にあるのに気づいた。かすかな灯《あか》りが土蔵の窓から外へ洩れている。

梅子は、そっと土蔵に近づいて網戸から中をのぞいた。

鈍い裸電球の光で半分物置にされている雑然とした土蔵の内部がほの暗くうつし出されている。

大黒柱の方に目を向けた梅子は、ギョッとした。

千恵子が相変わらず立位のままで柱に縛りつけられているではないか。

一片の布も許されぬ生まれたままの素っ裸でがっちりと柱に縛りつけられている千恵子だが、無残にもその二肢は大きく左右に開かされ、打ちこまれてある棒ぐいに足首をつながれていた。

人の字形に柱を背にして千恵子は縛りつけられているのだ。しかも、手拭《てぬぐい》で猿轡《さるぐつわ》までされている千恵子は、泣き疲れたのか、そのままがっくりと首を落として寝入っているようである。

（なんてひどい事を）

梅子は、まだ十七、八の女学生が素っ裸にされるだけでも死ぬ程の苦痛なのに、それをこんな卑猥な格好にして晒《さら》すなんて、西崎という男は本当に悪魔の化身ではないか、と身がすくむ思いになる。

網戸に手をかけて引くと、鍵はかかっていなかった。

梅子は血走った気分になり、ガラガラと思い切って扉を開く。

その音にうたた寝をしていた千恵子はハッとして首を上げ、猿轡をきつくかまされている冴えた美しい顔を梅子の方に向けた。

象牙色の美しい華奢な裸身を開股にされて縛りつけられている千恵子の足元には、ブリキの便器が置かれてあった。小用がしたくなれば、そのまま垂れ流させようという西崎のそれも淫らな責めの一つなのだろう。

口から鼻先まで豆絞りの手拭できびしく覆われている千恵子は悲哀のこもった美しい瞳を梅子に向け、すぐにその目を横に伏せてシクシクと猿轡の中で小さくすすり上げるのだ。

「逃がしてあげるわ」

梅子はそういうとすぐにかけ寄って千恵子の猿轡を外した。

「縄がとけたら、すぐに裏木戸から逃げるんや。大きな声をたてたらあかんよ」

興奮した梅子は関西弁で早口にいい、必死になって千恵子の縄を解きにかかった。両手も両肢も麻縄がきつく喰いこんで梅子の力ではなかなか解く事が出来ない。

「ああ、ええものがあった」

土蔵の片隅に錆《さ》びた出刃包丁が落ちているのに気づいた梅子は急いでそれを拾い上げると、棒ぐいに千恵子の足を縛っている麻縄を切り裂いていった。

ふと、目を上げると、千恵子の恥ずかしい部分が美麗な花肉まで露わにして晒されているので梅子はあわてて目をそらし、

「ほんとに、何てひどい事するのやろね、うちの旦那さんは」

と、声をつまらせてうめきながらようやく麻縄を切りとった。

「す、すみません、この御恩は私、忘れませんわ」

梅子が次に後手に縛った千恵子の縄を柱から切り取ると、千恵子は本能的に乳房を両手で隠しながらその場へフラフラと腰を落とし、梅子に対して頭を下げるのだった。

「そんな事より、はよ、ここから逃げるんや」

梅子は片隅に投げ出してあった千恵子のセーラー服と白い下着を拾い上げて千恵子の膝の上に置いた。

「すみません、でも、こんな事して、あなたに御迷惑がかからないのですか」

千恵子は半分ベソをかいた表情で衣類を抱きしめながら梅子の顔を見た。

「ここは地獄屋敷やわ。二度と捕まらんよう気をつけなさいね」

梅子はそういって、もし、今、逃亡中の美加夫人や井上という書生が西崎に捕まればどんな事になるのか、それを想像して足が慄えた。

ふと、梅子の脳裡《のうり》に憲兵二人に縄をかけられ、西崎の前に引き出される美加夫人の姿が浮かび上がってくる。

あの二階の書斎にかかっていた美しい美加夫人の肖像画、あれをきっと睨んでいた西崎は復讐を心に誓っていたのかも知れぬ、と梅子は今、ふと考えてぞっとした気持ちになったのである。

「早く服を着て、裏の木戸から逃げなさい」

梅子がそういった時、庭の飛石の上を誰かがこちらへ向かって歩いて来る気配がする。

引きずるような下駄の音、それは西崎の歩き方だとわかった梅子は顔面から血の気が引いた。

「お嬢さん、もう服なんか着ている閑《ひま》はあらへん。はよ、逃げるんや」

梅子は千恵子の手をとって引き起こすと、戸を開けて突き出すようにした。

千恵子は衣類を両手で抱きしめながら庭の裏木戸に向かって必死になって走っていく。真っ白い肩先に揺れる千恵子の長い黒髪に月の光がキラキラと降りそそいだ。

恐怖の土蔵

千恵子が縄を引きちぎって脱走したと梅子から聞かされると、西崎は土蔵の前に突っ立ったまま、唖然《あぜん》とした表情になった。

「私が便所へ行こうとして廊下を歩いておりましたら、土蔵の方でガタガタ音がするんです。何やろと思うてここへ来ましたら――」

この土蔵へ監禁されていた千恵子がセーラー服や下着を抱きかかえてついさっき裏木戸の方へ逃げて行ったのだと梅子は西崎に報告したのである。

「縄を自分でほどいてあの小娘が逃げて行ったというのか」

西崎はいまいましい表情になり、土蔵の中へ足を踏み入れていく。

西崎は大黒柱の前に立ち、その下にズタズタに切り裂かれて散乱している麻縄の切れ端をじっと見下ろした。

腰をかがめてその麻縄の切れ端の一つを手にとった西崎はジロリと鋭い目で、立ちすくんでいる梅子の方を睨みつけた。

「梅子、貴様があの小娘を逃がしたのだな」

西崎は、おびえ切った表情の梅子の鼻先に麻縄の切れ端を突きつけた。

「この縄は刃物で切ったものだ」

西崎は土蔵の中をキョロキョロ見回して隅に積み重ねてある粗むしろの下から出刃包丁を見つけ出した。

先程、千恵子を縛った縄を切ってからあわてて梅子は出刃包丁をむしろの下へ隠したのだが、西崎は忽ちそれを見つけ出してしまったのだ。

梅子の顔は蒼ざめ、硬化する。

「どういうわけであの娘を逃がしたりするのだ」

西崎に鋭い声を浴びせかけられた梅子はブルッと恐怖に全身を痙攣させながら、しかし負けるものかと歯を喰いしばった表情になった。

「あんまりあのお嬢さんが可哀そうなものですから――いくら何でも旦那様、ひど過ぎますわ。まだ十七か十八のお嬢さんにあんなひどい仕打ちをなさるなんて」

少し、旦那様は頭がおかしいのじゃないですか、とさえ梅子はいいたくなった。

「あの娘は共産主義者の分子なんだ。俺は俺なりの方法で訊問している」

「それならもっと別の方法があると思いますわ」

「うるさいっ、貴様は主人に楯をつく気なのか」

いきなり西崎は顔面に血の色を浮かべて梅子の片頬を激しく平手打ちした。

あっと悲鳴を上げて梅子は床の上に尻もちをついた。

「全く生意気な女だ。その性根を少したたき直してやる」

西崎は土間に落ちていた青竹を拾い上げて大きく振り上げると梅子の腰のあたりへピシリッと打ち降ろした。

梅子は床の上を一つ二つ転がって戸口へ逃げ出そうとしたが、西崎は狂気めいた表情になってうしろから梅子の襟首をつかみ、その場に引き据えたのだ。

どんと床に尻もちをついた梅子の着物の裾前が大きくはだけて赤い腰巻がはね上がる。

「もう、私、こんな所に辛抱出来ません。暇を下さいっ」

と梅子は泣きわめくようにして叫んだ。

「何だと」

西崎は床の上にのたうち回る梅子をピシリッピシリッと青竹で打ち据えて、

「貴様の親父《おやじ》にはまとまった金を渡してあるんだ。貴様にそんな勝手な事はさせんぞっ」

西崎は大声でののしり、梅子の帯をつかんで振り回した。

梅子は父親が西崎からそんなまとまった金を受け取っているとは夢にも知らなかったし、また、何という情ない父親なのかと恨《うら》めしくもなった。

起きようとすると帯の端が西崎の手に残り梅子は西崎にキリキリ帯をたぐられてコマのように回転しながら再び床の上に転倒した。

千恵子のように自分もまた素っ裸に剝がれてこの異常性癖者の残忍な拷問を受けるのかも知れぬと思った梅子はつんざくような悲鳴を上げるのだ。

「旦那様」

その時、土蔵の扉口の所で桃子の妙に冷淡な声がした。

桃子が寝巻姿のまま、そこに立っている。

「旦那様、女中に乱暴を働くような真似はやめて頂けませんか」

桃子は冷たい表情を西崎の方に向け、落ち着いた口調でいうのである。

西崎は桃子の冷ややかな態度にふとうろたえ気味になり、梅子の襟元にかけていた手を引いた。

「こいつはまだこれから訊問しなければならぬ千恵子を俺に断わりもなしに逃がしてしまったんだ」

西崎は女中の桃子にいいわけめいた説明をし、

「それにこいつ何かというと俺にさからってくる。全く女中のくせに生意気な女だ」

と、よほど腹に据えかねたと見え毒づくのだった。

「でも旦那様、もう女学生を拷問する必要はないと思いますわ」

「そ、それはどういう意味だ」

西崎は桃子まで自分にさからってくるのかとむっとした顔つきになっていった。

「つい、今しがた、憲兵隊の伊沢さんから電話がありました」

奥様が上野駅近くの紅葉屋という旅館にいるのを伊沢さんが見つけたそうです、と桃子が報告すると西崎の顔はみるみる紅潮し始めた。

「そ、それは本当か」

「はい。井上さんと奥様はその旅館で落ち合い上野駅からどこかへ逃げ落ちるつもりだったのじゃないですか。それは私の想像なんですけれど」

桃子はそれだけ西崎にいうと、土蔵の中で襟元も裾元もはだけさせておろおろしながら縮かんでいる梅子の傍へ近寄っていった。

「大丈夫、梅子さん。さ、行きましょう」

桃子は梅子の着物の汚れなどを手で拭い、解けた帯を結んでやると、思いつめた表情でキッと一点を睨みつけている西崎をそのままにして、一緒に土蔵の中から出て行くのだった。

虜《とら》われの貴夫人

朝の白い光がガラス窓に射《さ》しこみ出し、庭の芝生が煙のような靄《もや》に包まれながら次第にくっきりと緑を漂わせ始める。

庭を竹箒《たけぼうき》で掃く梅子はいまだに恐怖の慄えが足に残り、時々、恐ろしいものでも見上げるように、朝日が射しこんでいる西崎の書斎の窓の方をチラと眺めるのだ。

「昨夜《ゆうべ》は大変な目に遇ったわね」

水の入ったバケツを手にして勝手口の方から出て来た桃子は梅子の寝不足の赤い目を見ながら面白そうにいった。

「私、あの時は旦那はんに犯されるのかと思うたわ。桃子ねえさんがもしあの時、来てくれなかったら、私、一体どうなっていたやら」

昨夜は本当に散々な目に遇ったと梅子は思うのである。

女中部屋ではいきなり桃子に組み敷かれて女同士の愛し方を無理やり教えこまれるし、あの時、桃子に強く嚙まれた乳首のあたりがまだヒリヒリ痛むのだ。

その時の事を思い出し、梅子は思わず顔を赤らめて桃子の視線から目をそらせた。

「ところでここの奥様が見つかったって事、本当なの、桃子ねえさん」

梅子がふと話題をかえて桃子の顔を見上げると、

「本当よ。もう奥様は裏木戸から憲兵達につき添われてお屋敷の中へ入っていらっしゃるわ」

と、桃子はいった。

主人の顔に泥を塗った妻を正面玄関から入れてはならぬ、裏門からここへしょっぴいて来い、と西崎は憲兵達にあれから連絡したそうである。

「何かまた旦那様は奥様にひどい事をなさるのと違うやろか。私、それを思うとこわくて落ち着いていられないわ」

梅子がそういうと桃子は庭に水をまきながら、

「そりゃわからないわね。書生と駈落《かけおち》した奥様なんだから只《ただ》ではすまないと思うわ。でも、何てったって自分の奥さんだものね。そう無茶にひどい事はしないと思うけど」

といい、また、

「いや、あの旦那さんの事だからわからないわよ」

と、何か自分一人の空想を楽しむかのようにクスクス笑うのだった。

「ね、あなた、今、奥様は二階の客間に一人おいでだからお茶を差し上げてよ。とにかく、美人なんだから一度拝謁しておく方がいいわ」

と、水をまいていた桃子はふと顔を上げて梅子にいった。

しばらくそこで謹慎していろ、と西崎にいわれた美加夫人が二階の客間で今、一人ぽつねんと坐っていると桃子はいうのである。

西崎は二人の憲兵と一緒に書斎の中で何か相談事をしているらしい。

梅子は桃子に頼まれて、夫人に茶を運ぶため勝手口へ入って行った。

新しくこの西崎家へ女中奉公に入った挨拶はやはり美加夫人にはしておかねばならぬと梅子は思ったのである。

茶を盆に載せた梅子は妙に慄える足を踏みしめるようにして二階へ上がった。

古風な造りの二階の客間の中で床の間の方に向いたまま美加夫人は端然と坐っていた。

床の間に飾られた支那の壺に夫人はじっと目を注いでいるようである。

濃い紺地の着物の上に淡い藤色の羽織を着た美加夫人は茶を持った梅子が近づくとチラと顔をこちらへ向けた。

しっとりと深味のある面長《おもなが》の美しい夫人の容貌をはっきり目にした梅子はその気高《けだか》いばか

りの優雅さにはじかれたような気分になりその場に小さく膝を折った。

「私、最近、このお屋敷に御奉公に参りました梅子と申します。どうか、よろしく」

と、梅子は深く頭を下げてから、茶を美加夫人の前に静かに差し出したのだ。

夫人は澄んだ濃い黒目を梅子に注ぎながら、花びらのような形のいい唇に柔らかい微笑を作った。

「お国はどちらですの」

と優しい口調で尋ねかけて来る美加夫人の柔らかい微笑の美しさに梅子はふと見惚《みと》れ、すぐに我に返って、

「はい、私、兵庫県から参りました」

と、再び深く頭を下げるようにしていった。

「そうですか、私も岡山には親族がいるのです。もう随分とあちらへは行かないけれど」

美加夫人は柔らかい声音《こわね》でそういって、梅子の差し出した茶碗を両手に持ち添え、

「頂きますわ」

と、静かな物腰で飲み始めたのである。

磨き上げたような夫人の艶麗な身のこなしや白々と冴えた美しい横顔を梅子はチラチラ眺めながらすっかり心を奪われてしまったのだ。

このようにしとやかで気高い美しさに照り映えた美加夫人がこの屋敷の書生と駈落を図るなど梅子にはどうにも信じられない思いがする。

西崎はこの夫人を憲兵達に拉致《らち》させては来たものの腹立たしさが先に立ってすぐには逢おうとはせず、この客間に控えさせている。表門から入れず裏門から屋敷へ入らせたりする所なども如何にも男爵とかいう貴族のやりそうな事だが、一体、西崎はこれから夫人をどういう風に扱う気なのか、昨夜の土蔵の中の一件を考えてみても梅子は何か胸騒ぎが起こるのだ。

「梅子さんとかおっしゃったわね」

茶を飲み終えた夫人は茶碗をそっと元へ戻して、

「私、主人に対して顔向けのならない事をしてしまったのだけど、それはもう御存知？」

と、翳りのある美しい瞳をふと哀しげにそよがせて梅子にいった。

「はあ、ええ、ほんの少し、耳にした事がありますが」

と、梅子がおどおどしながら答えると、夫人は、

「私、こうして落ち着いているように見えるでしょうけど内心は恐ろしくて仕方がないのよ。主人にどのように折檻されるか、それを思うと私、生きた心地がしないの」

といい、しかし、ひっそりした柔らかい微笑は口元から失わないのだ。

「奥様」

と、梅子は何か五体の慄えるのを感じながら身を乗り出すようにしていった。

「もし、私でお役に立つような事がありましたら何でもおっしゃって下さい。私、正直いって、ここの旦那様にはついて行く自信がないのです」

奥様のような方なら私、一生懸命に尽せるような気がする、と口には出さなかったが、梅子はそんな感情を表情に表わしてじっと美加夫人の端正な象牙色の美しい容貌に見入るのだった。

「よくいって下さったわ。それじゃ、私、あなたを味方に思ってもいいのね」

夫人は白い華奢な手を差しのべて梅子の手の甲をそっと押えるのである。

夫人の繊細な白い指先が触れてくると梅子は五体がじーんと甘く痺れたような気分になってしまう。触れてはならない高貴なものにいきなり触れられたように、ガクガクと膝のあたりも慄えるのだった。

その時、襖《ふすま》が開いて憲兵の伊沢と佐山がのっそりと入って来た。

書斎の中で西崎と何か小一時間あまりひそひそと相談し合っていたこの憲兵達は、ようやく結論を得たとでもいったさばさばした表情になっている。

「奥様、御主人がお呼びです。書斎の方へいらっしゃって下さい」

佐山は正座している美加夫人の傍へ近づくと直立の姿勢をとりながらいった。そして、夫人の傍へ坐っている梅子の方に不快そうな視線をチラと向け、早くここから出て行け、という風に顎《あご》をしゃくって見せるのである。

美加夫人はやや緊張した表情になりながらもはっきりうなずいて見せて立ち上がった。

佐山と伊沢のあとについてゆっくりと歩き出す美加夫人をおろおろした表情で見送った梅子は、寄らば切るぞといった憲兵二人の鋭い視線におびえて部屋から廊下の方へ逃げ出して行った。

呪いの拷問部屋

「貴様はどれ程の恥辱をこの俺に与えたか、わかっておるのか」

西崎は憲兵二人に挟まれた形でそこに立っている美加夫人に向かって視線はわざとそらせたまま鋭い声を出した。

夫人はうつむいたまま、「申し訳ございません」と低い声を出し、

「井上さんの事は何とあなたに話していいかわからず、思い悩んだ末、二人で家を出たのです」

と、声を慄わせてつづけた。

「よりにもよって、とんでもない奴を貴様、姦通の相手に選んだものだな」

西崎は皮肉たっぷりないい方をして煙草に火をつける。

「奴は左翼主義者なんだぞ。それも最初からわかっていたのか」

「それは、わかっておりました」

夫人ははっきりした声音でそういってから、

「私、あなたにはこれまで幾度も離婚して下さるようにお願いしましたわ」

「俺が離婚してやらなかった腹いせに左翼主義者の書生と通じて家を出たというわけか」

「そうじゃありません。私、井上さんとは以前から深く愛し合っておりました」

きっぱりした口調で夫人がそういうと西崎は呆《あ》っ気《け》にとられた表情でまじまじと夫人の顔を見つめた。

「よくもしゃあしゃあとそのような事が俺にいえたものだ」

西崎の赤ら顔はきつく歪み出し、どんと卓の上を手でたたいた。

「俺に離婚を貴様は幾度も迫ったが、貴様の実家に俺は莫大《ばくだい》な資金援助をしてやった事もある。そんな恩を少しも考えず、貴様のような手前勝手な女はないぞ」

西崎は椅子から立ち上がって昂ぶった声音でつづけた。

「それだけではなく左翼思想の井上と情を通じて俺の立場を社会的にも貴様は葬ろうとした。断じて俺は許せんっ」

西崎は興奮のあまり顔面は怖いほどひきつり始めている。

「ま、奥様、一応、そこへお坐りになって下さい」

と、佐山が目の前の椅子を引き寄せ、美加夫人を半ば無理やりそれに坐らせた。

「僕達は職務上、奥様を訊問しなくてはならないのです。それは御主人の許可も頂いておるのですが」

佐山はそういってから、

「奥様は上野駅近くの旅館で井上と落ち合われていたようですが、一体、井上は現在、どこに潜伏しているのか、お尋ねしたいのです」

といい、

「井上が政治犯という事は御存知だそうですから、我々が井上の行方を探索する理由もおわかり頂ける筈です」

と丁重《ていちょう》ないい方をするのだった。

「井上さんが隠れている場所は知っておりますわ。そこに今まで私も一緒に隠れていたのです。東北の井上さんの知り合いを頼って行くため、私達は人目につくのを恐れて別行動をとり上野の旅館で待ち合わせる事にしたのです」

美加夫人はそこまではっきり答えてから、

「でも井上さんの居場所をあなた達に告げるわけには参りません」

と、硬化して来た顔を二人の憲兵に向けていうのだった。

「ほう、どうして井上の居場所を教えて頂くわけには参らんのですかな」

「私、井上さんを死ぬ程、愛しているからです」

美加夫人が強い語気できっぱりそういうと佐山と伊沢は驚いたように顔と顔を見合わせ、次にゲラゲラ笑い合って、

「こいつは参った、参った、だよ」

といった。

西崎は笑うどころではなく、さも憎々しげに冴えた夫人の横顔をじっと見つめていたが、ふと顔を起こすと二人の憲兵にいった。

「やむを得ん。こうなれば、君達得意の拷問も致し方ないじゃないか。何としても井上の逮捕が急務だよ」

「しかし、いくら何でも西崎さんの奥方を拷問にかけるなんて事は――」

伊沢は苦笑しながら、チラと椅子に腰を降ろしている美加夫人の臈《ろう》たけた美麗な頬に目を

向けるのだ。

「かまわん。俺が許可する」

と、西崎は力強い調子でいった。

「この女を自由にさせると、いよいよ俺は社会的信用を失う事になる。いいかね、この女は乱心したんだ。気が狂ったのだよ。だから精神病院へ入れなきゃいかん。この女のための精神病院はこの屋敷の中にもう作ってある」

そういった西崎は声を上げてそれこそ狂ったように笑いこけた。

君達はその精神病院に収容された美加を特別訊問して井上の居場所を早く聞き出す事だと西崎はいうのである。

「どうだ、美加。憲兵達の拷問を受けるのが嫌なら井上の居所をここで吐いてしまえ。井上を捕えても俺はその筋へ渡すという事はせん。ここの精神病院へお前と一緒にほうりこんで今までの恨みを返す意味でなぶり抜いてやるつもりだ」

西崎がそういうと美加夫人は蒼ずんで硬化した顔をキッと上げるようにし、

「私を拷問したいならして下さいまし。あなたに救いを求めるような事だけは決して致しませんわ」

と、侮蔑した冷ややかな眼差しを西崎に注いでいうのだった。

「なかなか大きな口をきくじゃないか」

と、西崎は憎悪の色を目の底にギラギラ浮かべていい、

「左翼主義者に相当貴様も仕込まれたようだな」

と、顎をつき出すようにしていった。

「それでは、案内しよう。屋根裏部屋がお前を収容する精神病院に作りかえてあるんだ」

西崎は先に立って書斎から二階の廊下へ出た。

二階の廊下の一番奥まった所に天井に向かって木製の梯子《はしご》がついている。

西崎はその梯子を上がって天井の揚げ蓋を開き、振り向いて二人の憲兵に向かい手招きした。

「それじゃ、奥様、参りましょう」

伊沢と佐山は再び美加夫人を中にはさんで廊下をこちらへ向かって歩いて来たのだ。

西崎に対し、反発的な態度をとり続ける美加夫人だったが、左右から憲兵に肩を支えられるようにして歩くその顔面はさすがに恐怖のためかすっかり血の気を失っている。

「ここへ来い。今日から貴様はこの屋根裏部屋で暮らすんだ。貴様のような女は世間から完全に隔離しなくちゃならないからな」

西崎は一足先に屋根裏部屋へ入って、そこから美加夫人を見下ろしながら声をかけている

のだ。

「さ、上へ登るんです。奥様」

憲兵二人に身体を支えられるようにして夫人は恐怖に慄える足を踏みしめながら梯子を登っていく。

紺地の縮緬《ちりめん》の着物の裾からチラと目に沁み入るように白い夫人の華奢な脛《すね》が露わになり、佐山と伊沢は好色そうな微笑を口元に浮かべるのだった。

屋根裏部屋は倉庫のようになっていて古い書籍や雑誌類などが片隅にぎっしり積まれていたが、奥の方は西崎が自分好みの拷問部屋に改造していた。

鴨居《かもい》には大小の滑車が幾つか取りつけられてそれから幾本もの鎖が吊り下がっていたし、その下には大きな俎台のような木製のベッドが置かれてある。そのベッドの四隅にはそれに仰向けに乗せられた者の四肢を固定するための鎖が取りつけてあるのだ。

「西洋の拷問部屋にヒントを得て大工に注文して作らせてみたんだが、どうも思ったようにはならなかったな」

西崎は伊沢と佐山に向かってそういいながら木製のベッドの上をたたいてみたり鴨居から吊り下がっている鎖を引いてみたりする。

この拷問部屋の中に連れこまれ棒立ちになっている美加夫人の表情は見るも哀れな位に蒼

ざめ、硬化していた。

このような恐ろしい道具を使って西崎は本当に自分に拷問を加える気でいるのだろうか。

しかし、たとえそうだったとしても西崎に許しを乞うような真似は誰がするものかと夫人は西崎が恐ろしさを発揮すればする程、西崎に対する憎悪と共に反発心がわいてくるのだ。

「どうです、奥様、この気味の悪い部屋を見て気持ちが変わったのじゃありませんか」

と、伊沢が唇を噛みしめてそこに突っ立ったままでいる美加夫人に声をかけた。

痩せ我慢をはるのはやめて井上の居所を我々に教える気になったのじゃないかという意味だが、夫人は極めて冷淡な口調で、

「決して気持ちは変わりませんわ」

と、いうのだった。

「ほう、思ったより強情なんですな」

伊沢は感心したように首を振って西崎の方を見る。

西崎はこの拷問部屋の奥にあるカーテンを左右に開いた。

カーテンに仕切られてそこは頑丈な格子作りの牢舎になっていたのだ。中は畳三畳ばかりがやっと敷ける位の板張りである。

「これは軍隊の営倉を真似て作ったものだが、少しせま過ぎたようだ」

西崎は懐から鍵を取り出して、牢舎にかかっている南京錠《なんきんじょう》を外した。

ギィーと音を軋《きし》ませて西崎にたぐられた牢舎の扉が開く。

「美加、今日からこの営倉に貴様を閉じこめる」

西崎は急に美加夫人の方をキッとした目で睨みつけ、鋭い声を出したのである。

「俺の顔に泥を塗った償いを今日から貴様にさせるんだ。今日から俺は貴様を妻として、いや、人間として扱わない。犬畜生同然に扱ってやる。お前もここで人間としてのプライドを捨てろ」

西崎は自分の激しい言葉に興奮してブルブル握りしめたこぶしを慄わせているのだ。

「いくら強情をはっても貴様はその内、俺の前に泣き伏して許しを乞う事になるんだ」

西崎はこの女にどうしようもない位に惚れてしまっている自分を呪いたいような気分になりながら昂ぶった声音で夫人に毒づくのだった。

羞恥の裸責め

「わかりましたわ。私、あなた方の紳士的な御好意を喜んでお受けします」

美加夫人は翳りの深い美しい目に怒りの色を滲ませて西崎と二人の憲兵を睨むように見ながら皮肉っぽいいい方をする。

「この牢屋の中へ入ればいいのですね」

美加夫人は象牙色の冷たい表情を一層凍りつかせて自分から進んで牢舎の中へ入って行こうとしたが、西崎は美加夫人のそんなふてぶてしい態度にカッとなり、

「待てっ」

と、うしろから夫人の襟首に手をかけた。

「着物を脱ぐんだ。素っ裸になってそこへ入れ」

途端に美加夫人は不意に冷水でも浴びせかけられたようにハッとして西崎の方へおどおどした目を向けた。

「な、なんですって」

憎しみの極に達したようにこの貴族の夫婦は目と目で睨み合いを演じている——と二人の憲兵は感じながら黙って成り行きを見つめているだけであった。

「左翼主義者の思想に犯されてしまった貴様を治療するには生半可な方法じゃ駄目だからな。まず、生まれたままの素っ裸にして根本的にたたき直さなきゃならん。な、そうだろ、君達」

西崎は振り返って椅子に腰かけている憲兵達の方に目を向けた。

「はあ、それが一番効果的だと思いますが」

と佐山は答え、この美貌の人妻の素っ裸を間もなく目にする事の悦《よろこ》びに胸をときめかせ、声も上ずらせているのだ。

「早く着物を脱がんかっ」

と、西崎はさも口惜《くや》しげに唇を嚙みしめている夫人の今にも泣きそうになっている抒情的な美しい黒目を睨みつけていった。

「自分で脱ぐのが面倒なら、憲兵達に手伝わせてもいいのだぞ」

と、西崎が更に毒づくと、夫人は冴えた冷たい顔立ちを上げて、

「あなたは私の肌を他人の目にも晒せとおっしゃるのね。それで御自分が傷つくという事はお考えにならないの」

と、美しい睫毛をそよがせていうのだ。

「そんな事は考えないね。今いった通り、俺はお前を人間扱いに今日からはしないつもりなんだ。お前は俺の妻ではなく奴隷になったんだよ。衣類を身につける事は許さん。早く素っ裸になるんだ」

この屋根裏部屋は温度調節が出来るようになっているから風邪はひかない、と西崎はつけ

加えていうのだった。

「わかったわ」

美加夫人は西崎に対する憎悪の念をぐっと嚙みしめ、憲兵達の目の前に自分の肌を晒す事によって西崎に対する報復を果たそうとするかのように羽織の紐に慄える指をかけるのだった。

淡い藤色の絞りの羽織を脱ぎ捨て、錆朱の無地の帯に手をかけた夫人の表情にはさすがに羞恥の火照りが滲み出ている。

帯あげや帯じめがするすると滑り落ち、遂に帯がくるくると解けて床に落下し始めると、近くから眺めている佐山と伊沢の心は昂ぶり出してすでに官能のうずきさえ感じ出しているのだ。

秋葉の模様をつけ下げにした豪奢な紺地の着物を美加夫人は肩から脱ぎ落とし、目もさめるような緋《ひ》の長襦袢《ながじゅばん》姿になってその場にフラフラと膝を落としてしまった。

「俺が止めるとでも思っているのか。さ、ぐずぐずせず長襦袢から一切合財全部脱ぐんだ」

と、西崎はがっくりと首を落として沈んだ暗さをその柔媚《じゅうび》な横顔に見せている美加夫人に荒々しい声を浴びせかけるのだった。

夫人はそんな西崎に再び反発と敵意を感じて捨鉢になったように長襦袢の伊達巻《だてまき》を解き出

していくのだった。

媚めかしい長襦袢を肩から滑り落とすと夫人は固く目を閉ざしながら純白の肌襦袢も一気に脱ぎ取った。

艶っぽく光った乳色の美肌が遂に露わとなる。

憲兵の佐山と伊沢は、ほう、と溜息をつき、妖しい花をそこに見るように目を異様にギラつかせて吸い寄せられるように夫人の傍へ近寄って来たのだ。

美加夫人は椀を伏せたように形のいい乳房を両手を交錯させるようにして覆い隠し、小さく身を縮みこませている。

屋根裏部屋の薄暗さの中で、そこだけが妖しい白さを湛《たた》えてねっとり光を浮かばせているようだ。

小さく身を縮ませている夫人には、白小菊を散らした水地の湯文字《ゆもじ》が一枚身に残っているだけであった。

美加夫人は西崎に対する反発から半ば逆上して衣類を我が手で脱ぎとったのだが、一時の昂ぶりがおさまると、恥ずかしさと屈辱感だけがキリキリと全身を金縛りにするようにこみ上がってくる。

「素晴しい身体だ。まるで美術品みたいに美しいじゃないか」

と、佐山と伊沢は優雅な光沢を帯びた夫人の肌と、むっと女っぽく張りつめている腰部のあたりに生唾を呑みこんで眺め入っている。

西崎はまた憲兵達のそんな言葉を満足げに聞きながら、夫人の美麗な肌と見事な成熟味を見せている肉体とを凝視しているのだ。

「美加、腰のものもとるんだ」

西崎は追い討ちをかけるように縮みこんでいる夫人に浴びせかけた。

「あ、あなた」

さっと顔を上げた美加夫人は、こみ上がって来る憤辱を必死にこらえながら、

「精神病院に入らなきゃならないのはあなたの方だわ」

と、わなわな唇を慄わせながらいった。

「何だと」

西崎はけわしい顔つきになって夫人を睨みつけ、伊沢と佐山の方にすぐ目を向けて、

「かまわん。この女も政治犯として扱い、どんな目に遇わしても井上の居所を聞き出すんだ」

と、わめくようにいった。

「縛り上げろっ」

西崎は命令調になって二人の憲兵に大声をかけた。

「はっ」と、佐山と伊沢は憲兵特有のきびきびした動作になって鴨居から吊り上げられている麻縄の一本を抜き取った。

「奥様、御主人の命令です」

佐山と伊沢は床に身を沈めている美加夫人の左右に腰を落とし、必死に乳房を覆っている夫人の白い華奢な両腕を背後からつかんで滑らかな背中の方へねじ曲げようとする。

「な、なにをなさるのっ」

美加夫人は激しく身をよじって昂ぶった声をはり上げたが憲兵達の腕力にかなう筈はない。

忽ち夫人の両腕は大理石のようなスベスベした背中の中程へねじ曲げられてがっちりと重ね合わされ、キリキリと手首に麻縄が巻きつけられていった。

官能味を盛った形のいい二つの乳房の上下に憲兵達が情容赦せずきびしく麻縄を巻きつかせていくのを西崎はさも小気味よさそうに眺めていたが、下の書斎の方で物音がするのが気になり、床の揚げ蓋を持ち上げた。

「誰か書斎にいるのか」

と、西崎が声をかけると、

「はい、書斎のお掃除をしております」

と、桃子の声がもどって来た。

「桃子か」

西崎はニヤリと片頬をくずして憲兵二人に高手小手《たかてこて》に縛り上げられていく美加夫人の方を眺めた。

「桃子、書斎の掃除はあとでいい。それより一寸、ここへ上がって来なさい」

と、西崎は再び声をかけたのだ。

「あ、あなた、私のこんな姿を女中の目にまで晒そうというのですか」

がっちりと後手に縛り上げられた美加夫人は憲兵二人の手の中で狂ったように身をよじりながら西崎に向かって声を出した。

「そうだ。お前はこれから、うちの女中の笑いものになって暮らしていくんだ。貴様はもう奴隷なんだぞ。つべこべいうな」

西崎がそういった時、梯子を軋ませて桃子がこの屋根裏部屋へ入って来る。

「一度、この屋根裏も私、掃除したいと思っているのですが」

桃子はそういって足を踏み入れて来たが、憲兵二人に縄尻をとられるようにしてそこにうずくまっている美加夫人を見た時、あっ、と声を上げた。

美加夫人は桃子の視線から必死に顔をそむけるようにしながら、後手にきびしく縛り上げられた美しい光沢を放つ裸身を一層、縮みこませていく。

「まあ、奥様」

と、桃子は腰布一枚以外何も身を覆うもののない美加夫人の哀れな姿に目を瞠《みは》っている。

「桃子、美加は今日から西崎の妻ではなく奴隷になったんだ。以前のように気を使う事はいらんぞ。いや、むしろ、お前の方が主人格なんだ。気に入らない点があったら、ビシビシこの女奴隷を折檻してやれ」

西崎はそういって腹を揺すって笑った。

桃子はそれには答えず、後手に麻縄で縛り上げられている夫人の滑らかに光った美しい裸身に、次第に恍惚《こうこつ》とした表情になりながら、じっと見入っている。

必死に羞恥と戦いながら緊縛された裸身を小さくすくませ、ブルブルと屈辱に肩のあたりを慄わせている夫人の肢態を眺めていると、桃子には不思議な嗜虐性の昂ぶりが生じてくるのだ。

西崎は桃子のそんな性癖を見抜いてここへ呼び寄せたのかも知れない。

桃子は、夫人の裸身の想像を絶した妖しい美しさにただ酔い痺れて、最初のうちは西崎が何か声をかけて来ても耳に入らないのだった。

ようやく自分を取り戻した桃子は、西崎の方にぼんやりと潤んだ目を向けて、

「旦那様、これじゃ、奥様があまりにお可哀そうですわ」

と、ぽつりと一言いった。

「心にもない事をいうな」

と、西崎は笑った。

「本当はお前もいい気味だと腹の中では悦んでいる筈だ。以前のお前の女主人がこんな風に奴隷に転落したんだからな。女というのは人の不幸をむしろ悦ぶ癖があるものだ。な、お前だってそうだろう」

西崎はそういって夫人を縛った縄尻を佐山から取ってぐっと引き起こした。

「さ、そこの柱を背にして立て」

西崎は夫人の滑らかに光った背中を押して牢舎のすぐ横手に立てられている丸柱の傍へ押し進めて行く。

美加夫人は全身の血が逆巻くような屈辱に耐えながら緊縛された腰布一枚の裸身を柱に押しつけられ、立体のまま別の麻縄をつかってがっちりと縛りつけられてしまったのだ。

均整のとれた優美な美加夫人の左右に伊沢と佐山は立ち、がっくりと首を深く垂れさせている夫人の顎に手をかけてぐっと顔を正面にこじ上げた。

「早速だが、奥様、訊問を始めさせて頂きますよ」

佐山はそういって羞恥と屈辱のために薄紅く染まった頰へ遂に大粒の涙を伝え始めた夫人をニヤニヤ口元を歪めて見つめるのだった。

「もう一度、お尋ねしますよ、奥様。井上は今どこに隠れているんです」

「いくらお聞きになっても同じ事ですわ。私の答えはただ一つ、存じません」

夫人は涙をしたたらせながらも、きっぱりした口調でいうのだった。

佐山は舌打ちして身を沈めていくと夫人の華奢でしなやかな足首を手で押さえ、ぐっと上へ持ち上げた。

肉のむっと張りつめていた腰部を最後に覆っている水地の湯文字の裾元がハラリと左右に割れて夫人の官能味豊かな雪白の太腿あたりまでが露出する。

うっ、と美しい眉根《まゆね》を寄せて身を石のように硬化させる夫人の下肢に手をかけた佐山は、片膝を立てながらゆっくりと夫人のはいている白足袋《しろたび》を脱がせていった。

「これ以上、強情をつづけられると次には腰のものも脱いで頂かなきゃなりませんな」

佐山は楽しげにそういいながら夫人の足首から脱がせとった二つの白足袋を床の上へ散乱している夫人の色あざやかな衣類の上へ投げ捨てるのだった。

「如何《いかが》です、奥様。俺達もこれ以上、奥様に恥ずかしい思いをさせたくはないのです。だから一つ正直に話して頂けませんかね、奥様」

今度は伊沢がコツコツと靴の音をさせて柱に縛りつけられている夫人の周囲を回りながらいった。

「いくらお聞きになっても無駄ですわ」

夫人は固く目を閉ざしながら再びはっきりした声音で答える。

「やむを得ませんな」

伊沢は椅子に腰を降ろしている西崎の顔に視線を向けた。

「桃子、奥様のお湯文字を脱がせろ、素っ裸にするんだ」

西崎は驚いた表情のまま立っている桃子の袖を引きながら命令した。

全裸のいたぶり

柱を背にして立ち縛りにされている美加夫人の前に桃子が近づいた。

「かまわん、早く腰のものを脱がせてしまえ」

と、西崎は近くの椅子に腰をかけて女中の桃子に命令している。

「奥様、旦那様のいいつけなんですからね、悪く思わないで下さいよ」

桃子はふと嘲笑的な微笑を口元に浮かべて美加夫人の前に腰をかがめ、媚めかしい湯文字の紐に手をかけようとした。

途端に夫人の柱に縛りつけられている身体が激しく慄えた。

「何をするのっ」

夫人の形のいい象牙色の顔は恐《こわ》い程ひきつっている。

優美な形の腰を左右に激しく揺さぶって桃子の手を払いのけるようにし、椅子に坐っている西崎の方に憎しみの色をはっきり浮かべた目を向けた。

「あなた、私を女中の手でなぶりものになさろうというの」

と、甲高《かんだか》い声を出した。

「桃子さんをここから出して下さいっ」

女中の前で生き恥をさらしたくないという夫人のせっぱつまった気持ちが通じると西崎はむしろそれを悦んで、

「貴様は女中に対しても、もうそんなえらそうな口をきく権利はないのだ」

と、せせら笑うようにいった。

「女中の前で恥をさらしたくないのなら井上の居場所を吐けばいい」

「私にも意地があります。絶対に申せません」

「そうか、それなら仕方がないな」

西崎は半分ベソをかきそうになっている美加夫人の顔を面白そうに見て、再び桃子に声をかけた。

「ぐずぐずせず腰のものを剝ぐんだ」

桃子は今度は容赦せずに夫人の揺さぶる腰を押えつけるようにし、湯文字の紐を素早く解いていった。

夫人の美しい瓜実顔《うりざね》は屈辱に歪み、身体全体は石のように強張った。

「あっ」

桃子の手で最後の楯が剝ぎ取られた途端、夫人は思わず悲鳴をあげて腿と腿とをぴったりとすり合わせた。

腰布の下には夫人は何もまとっていなかった。

一糸まとわぬ素っ裸になった夫人を見て、二人の憲兵はほうと目を瞠った。

艶々と乳色に輝いた全身の肌の美しさ、また、全身の曲線のしなやかさに憲兵達は思わず生唾を呑みこんだのである。

自分の妻をこのように他人の目の前で素っ裸に剝いで見せるという西崎の異常神経は一寸、

理解の出来ないものだが、それ程までに西崎は夫人を憎んでいるのだろうと憲兵の伊沢も佐山も解釈したのだった。

夫人は固く目を閉ざし、憤辱にガクガクと美しい全裸像を慄わせている。

夫人の溶けるばかりに柔らかそうな胸の美しい二つの隆起、それは数本の麻縄をがっちりと巻きつかせていたが、これも屈辱の極に激しく波打っているようだ。

「ほう、全く素晴しい身体をなさっていますね、奥様」

佐山は口を歪めて柱を背に立ち縛りにされている夫人に近づき、羞恥に火照った顔を必死にそむけている夫人の耳を軽く引っ張ったりした。

次に佐山と伊沢の好色な目は夫人のしなやかな腰回りからぴったりと合わせている肉の実った見事な太腿とその付根の絹のような感触で柔らかく盛り上がっている茂みのあたりに向けられていく。

「悩ましいですな、その生えっぷりは」

などといって佐山が嘲笑しても西崎はただ黙ってニヤニヤ眺めているだけであった。

自分の妻の裸体を憲兵達の目の保養にさせてやって平気でいるばかりではなく西崎は女中の桃子に向かって、

「お前も黙ってばかりいず、素っ裸にされた奥様に何かいいたい事があればいってはどうか」

　などというのである。

　桃子は美加夫人の光沢のある美しい裸身を少し離れた所に立って陶然《とうぜん》とした表情で眺めていたが、

「何も申す事はありませんわ。奥様の身体があまりに美しいので、ただ、こうして見とれているだけです」

　西崎は憲兵達や女中の桃子に妻の裸身を賞讃されるとそれをホクホク喜んでいる。

「どうだ、いいおっぱいをしとるだろう。腰つきの女っぽさは男心をうずかせる。な、君達」

　と、佐山や伊沢の顔を見たりして得意そうにいい、

「これだけの女はそうざらにはいない」

　と、まるで美術品を自慢するようないい方をするのだった。

　美加夫人の緊縛された裸身の見事な官能美に見とれてしまっていた憲兵達はふと我に返って咳払いし、

「何時までもこう目の保養ばかりしていちゃいかん」

　と、互いに顔を見合わせて苦笑し、

「さて、訊問を続けなければなりませんが」

と、柱に縛りつけられている夫人の左右に立つのだった。

夫人は羞恥と屈辱にもう顔を上げる気力もない。深くうなだれたまま奥歯を嚙みしめて小さい口惜し泣きの声を洩らしているのだった。

気品のある繊細な線で取り囲まれた夫人の美しい裸身を左右から挟んだ形で立つ二人の憲兵――彼等は夫人の華奢な白いうなじやセットされた艶々しい黒髪から匂ってくる甘い香料に酔わされて、すっかり昂ぶった気分になっていた。

「奥様の素っ裸を観賞するのが我々の任務じゃないのです」

と、伊沢がいって笑った。

「不本意ながら井上の所在を聞き出すために色々な責めを用いなくてはなりませんが」

と、伊沢はつづけていい、

「もういい加減、強情をはるのはやめて頂けませんか」

と、真っ赤に火照った美加夫人の頰を指で押すのだった。

「知、知りませんっ、いくら聞いても無駄な事です」

と、夫人は全身が凍りつくような屈辱に身震いしながら声を慄わせていった。

「打つなりぶつなり好きなようになさって下さい。でも、どのような責め苦に遇わされようと井上さんの事はしゃべりません」

美加夫人は優婉《ゆうえん》な顔を蒼く強張らせながらはっきりした口調でいい、妖しい白さを湛えた優美な裸身も硬化させながら、西崎や憲兵達に捨鉢めいた反発を示すのだった。

「そうですか、それでは仕方がありませんな」

伊沢と佐山は麻縄に固く緊め上げられた形のいい夫人の乳房や女っぽい成熟を見せる腰部、それから悩ましい肉の緊まりを見せる太腿、更にその中間のつつましやかに柔らかくふくらんだ繊毛にも目を注ぎつつ片頬を歪めて笑うのだった。

「訊問を拷問に切りかえるのはかまわん」

と、西崎は夫人の挑戦的な態度にむっとしたようにいった。

「だが、その綺麗な身体に傷をつけるような真似はしてもらいたくないな」

「となると男爵」

と、伊沢が西崎の方に目を向けていった。

「あの方法を使うより他に手はないと思いますが」

伊沢は自分達だけに通じる秘密を楽しみ合うような目つきになって西崎を見つめている。

「いいじゃないか。俺の妻だからといって気を使う必要はない。徹底してやり給え。問題は井上の居所を何としてもこの女の口から聞き出す事だ」

一糸まとわぬ素っ裸に剝がれてもなお頑として愛人をかばい続ける夫人に西崎は狂おしいばかりの嫉妬《しっと》を感じ出している事は事実である。

「しかし、本当にいいのですか、男爵」

伊沢は照れ笑いして、どうもこいつばかりはさすがの自分達も気がとがめる、というてい方をした。

「俺に気を使う必要はないといっておるだろう」

西崎は吐き出すようにいった。

「君達もむしろそういう拷問の方がやり甲斐《がい》があるのじゃないか」

と、次にはやや皮肉っぽいいい方になる。

「わかりました」

伊沢はニヤニヤしながらうなずき、柱に縛りつけられている夫人に目を向けた。

「奥様、いいですか、奥様は女として最も辛い責めにかけられる事になるんですよ」

伊沢はそういってチラと佐山の方に目くばせをした。

佐山はうなずいて持って来た布袋の中から男性のそれを象《かたど》った奇妙な道具を取り出した。

「御存知ですか、これはつまり張型の一種です。スペイン製で実に精巧に出来ている」

先端には無数にイボ状のものがついており、柄《え》の所にあるボタンを押すと先端のゴムが小さな風船のようにふくらみ出すのだ。

佐山はボタンを押して面白そうに何度もその先端をふくらませ、夫人の目に示そうとする。

チラとそれに目をやった美加夫人はぞっとして身を慄わせ、あわて気味にそれから視線をそらせるのだった。

「こんなものを使って奥様を玩具《おもちゃ》にしたくはないのですがね」

佐山はその責具で軽く夫人の可憐な臍《へそ》の窪《くぼ》みをたたくのだ。

夫人は反射的に激しく全身を慄わせ、怒りとも哀しさともつかぬ色を切れ長の美しい目に浮かべ、睨むように佐山を見た。

「あ、あなた達は女を拷問する場合、何時もそのような淫らなものを使うのですか」

負けるものかとばかり美しい目にはっきりと敵意を滲ませて夫人は佐山と伊沢を息をつめた表情で見つめるのだったが、

「これは以前、中国の女スパイなどに用いた方法ですが、なかなか効果的なものでしてね」

と、伊沢はいった。

「女に苦痛を与えるのではなく快楽を与えるようなものですが、身も心もどろどろに溶かされてしまった女は夢うつつに白状してしまう場合が多いのです」

伊沢がそういうと、つづいて佐山が口元に薄ら笑いを浮かべて、

「奥様の構造を我々はくわしく観察しながら訊問が続けられるわけですよ。我々にとっても実に楽しい仕事なんですがね」

とつけ加えていうのだった。

血の気を失っている夫人は椅子に腰かけている西崎の方へ悲痛な表情を向けて、

「あなた、私がこの人達にそのような責めを受けるのを黙って御覧になっているつもりなの」

と、昂ぶった声でいった。

西崎はそっぽを向いて煙草を口へ運びながら、

「そんな責めに遇いたくなかったら井上の居所を吐けばいいのだ」

と、冷ややかな口調でいった。

西崎に対する怒りが再び音をたてて燃え始め、夫人は西崎に対する報復手段として憲兵達の淫らな責めの中に自分を投入しようと捨鉢な決心をした。眼前で妻が憲兵達に辱《はずか》しめられるのを見て西崎の心に傷がつくかどうか、それはわからないが夫人は自棄になり、

「いいわ、あなた、私が辱しめられるのをゆっくりそこで御覧になって」

と、涙声になりながらも激しい口調でいったのである。

羞恥の拷問ベッド

憲兵二人は柱から夫人の縄尻を解くと木製のベッドの傍へ引き立てていく。

「それではこのベッドの上に大の字になって乗っかって頂きましょうか」

佐山はそういって伊沢と一緒に後手に縛られている美加夫人を横抱きにしてベッドの上へ仰臥させていく。

美加夫人は気の狂いそうな口惜しさを歯を噛みしめてこらえながら憲兵二人の手で担ぎ上げられ、ゆっくりとベッドの上に仰向けに寝かされていくのだ。

素早く後手に縛った夫人の縄を解いた憲兵達は華奢で陶器のように艶々した夫人の両手を左右からたぐってベッドの上へ広げさせ、手首に皮紐を結びつけた。

「両手はそれでよし」

両手を左右に開かされてがっちりとベッドの両端へつながれた夫人は固く目を閉ざし、この屈辱と必死に闘っている。

「さて、次は足だ」

むっちりと官能味を湛えた夫人の両腿はぴったりと密着し、それを割り裂こうとして男達の手が触れてくると悪寒《おかん》が走ったのかブルッと痙攣して一層、石のような強張りを示すのだ。

「どうしたのです。もう覚悟は出来ているのでしょう、奥様」

と、憲兵二人は北叟笑《ほくそえ》みながら夫人の両肢を大きく開かせようとする。

「桃子、ぼんやり見ていず、お前も手伝ってはどうだ」

西崎は煙草の煙を上へ吐き上げながら、先程からベッドの傍に突っ立っている桃子に声をかけた。

「お前は井上の妹の千恵子を訊問した時、随分と憲兵達に協力的だったじゃないか。あの要領で美加を責めてみろ」

「でも、いくら何でも旦那様の奥様を――」

「かまわん。それにこの女は以前からお前を嫌っておった。行儀作法がまるで駄目だとお前の事をよくけなしておったよ。その恨みを返しちゃどうだ」

西崎が愉快そうにそういった時、美加夫人は突然、あっ、ああっ、とひきつったような声をはり上げた。

佐山と伊沢の力に負けて遂に夫人は扇でも開くように優美な二肢を大きく左右に割り裂か

れていったのである。

嫌っ、と思わず夫人は悲鳴を上げ、全身を必死によじらせ、憲兵二人に引き裂かれた二肢を取り戻そうとあがくのだったが、忽ち、その足首には皮紐が巻きつけられ、両手と同様二肢も大きく左右へ開いた形でベッドへ固定させられてしまったのだ。

ベッドに大の字の形で縛りつけられた夫人の優雅で光沢のある裸身に憲兵達はとろんとした目つきでしばらく眺め入っている。

そんなあられもない肢態でベッドに縛りつけられた夫人の絖《ぬめ》のような艶を帯びた肉体は、どの部分も女っぽい華奢な肉の実りと妖しい官能味を同時に湛えていた。そして、大胆な位にぐっと左右に割られた優美な両肢の間、その微妙な気品さえ帯びた柔らかい繊毛の部分はその底の繊細な亀裂までくっきりと浮き立たせ、佐山も伊沢も恍惚とした表情になって喰い入るようにその部分に目を注ぎかけている。

最も恥ずかしい部分に男達の目が集中されているのを意識したのか、夫人は割り裂かれて縛られている手足を動かせ、さも口惜しげな身悶えを示し始めた。

真っ赤に染まった顔を右へ伏せたり、左へ伏せたり、固く縛りつけられた手足をもじもじ動かしたり、しかし、夫人のそんな身悶えは憲兵達の情感を更に昂ぶらせていくようなものであった。

「まだまだこれから恥ずかしい思いを味わって頂く事になりますよ、奥様」

どうです、もういい加減に口を割っては、と佐山は夫人の縛りつけられているベッドに腰をかけて、夫人の左右に開いている太腿の上を軽く手でたたいたりする。

「知、知らないっ、知らないわ」

夫人は身悶えしながら上ずった声でくり返すだけだ。

「訊問をつづけ給え」

と、西崎は相変わらず椅子に腰を乗せたまま冷ややかな口調でいった。

「俺が傍にいては気がとがめるようだね」

西崎はすぐには手を出しかねている憲兵達を見てそういうとようやく椅子から腰を上げた。

「よし、俺はしばらく場を外していよう。その方が君達もやりいいだろう」

そういって西崎が屋根裏部屋から出て行こうとすると、ベッドに縛りつけられている夫人はさっと顔を起こして、

「待って、あなた」

と、甲高い声を上げげた。

「私をこの人達に任せたままここから出て行こうというの。私がどのように辱しめられるの

か、そこにいて御覧になって下さいっ」

西崎に対する一種の報復心理から西崎の眼前で自分が拷問される事を望み、西崎の心を少しでも傷つけようとした夫人だったが、西崎は夫人の心を読んだのかそれに肩すかしを喰わせようとしている。

「俺がここにいると憲兵さん達が責めに手心を加えるかも知れんからな」

と、西崎は夫人のひきつった顔を面白そうに見ていった。

「時々、様子は見に来てやる。俺のかわりに桃子をここへ残しておくよ」

西崎はそういうとそのあたりに散乱している美加夫人の花のような衣類を抱きかかえて、

「もう貴様は今日から身につけるものは一切許さん。犬猫同様、丸裸でこの屋根裏で暮らすんだ、わかったか」

と、勝ち誇ったようにいい、部屋から出て行くのだった。

「どうも亭主の前でその女房を責めるって事はやりにくい」

西崎が姿を消すと佐山は、ほっとしたように伊沢の顔を見ていった。

「私もそうよ。いくらこの仕事を手伝えといったって主人の前なんだから」

桃子も西崎の姿が消えると急にガラリと態度を変えるのだ。

「桃子さん、出、出て行ってて っ」

ベッドに大の字で縛りつけられている美加夫人は桃子が面白そうに顔をのぞきこんで来るとたまらない嫌悪感と汚辱感に見舞われて激しい声を出した。

女中にこのような浅ましい恥ずかしい姿を目撃される哀しさと辛さで夫人は半ば気が狂いそうになっている。

「桃子さん、あなたの前でこんな恥ずかしい姿を晒さねばならぬ私の苦しさを察して頂戴《ちょうだい》。ね、お願いだからここから出て行って」

悲痛な声でそういう夫人の眼尻から涙があふれ出ているのだ。女中の前に生き恥を晒している屈辱の口惜し涙は次から次とめどなく流れ出るのだったが、桃子はケロリとした表情で、

「だからさ、奥様」

と、ベッドの隅に腰をかけていった。

「素直に井上さんの居所を吐けば女中の私の前でこんな恥を晒さなくともすむのよ」

と、夫人の美しい形の乳房を指ではじきながら桃子はいうのだ。

夫人に対する敵意を桃子はここに至ってはっきりと晒け出している。

「桃子さん、あ、あなたまでそんな事をいうの」

夫人はキリキリと口惜しげに歯を噛み鳴らしながら憎悪をこめた瞳で桃子を見上げた。

「正直いいますとね、奥様。私、本当にいい気味だと思っていますのよ」

桃子は夫人の口惜しげな表情を見下ろしながら顎を突き出すようにしていった。

「今まで女中としてこき使われて来たその復讐が出来るような気分ですの。私ね、以前から奥様のような貴婦人は虫が好かなかったのよ」

散々、栄耀贅沢して暮らし、しかも、書生の井上と姦通までするなど、全くあなたは見下げ果てた女よ、と桃子は次第に興奮状態になって大の字に縛られている全裸の夫人に向かって毒づくのだった。

「あ、あなたにそんな事いわれる覚えはないわ」

夫人は大粒の涙を流しながら桃子の目を見つめていった。

「井上さんと私とは浮わついた気持ちでそんな関係になったのじゃありません」

「へえ、じゃ、どんな気持ちなのさ。フフフ、純粋な愛情が芽生えたからといいたいのでしょ」

伊沢と佐山は女中の桃子が突然、美加夫人に対して喰ってかかり出したのを面白がり、顎をさすりながら黙って見つめている。

「今だからもう一つ正直にいってあげるわ。私だって井上さんが好きだったのよ」

桃子の口からそんな言葉が飛び出ると夫人は、えっ、と美しい顔を強張らせ、怖いものでも見るように桃子の冷酷な眼差しをおろおろして見つめるのだった。

「でも、井上さんは私に鼻もひっかけてくれなかったわ。そりゃそうでしょうね、井上さんは西崎美加という美しい貴婦人と出来合っていたんだもの」

だから、私、奥様に対しては恋の恨みという意味もあり、憲兵さん達の仕事に悦んで協力させて頂くつもりよ、という意味の事を桃子は加えていうのだった。

「さ、憲兵さん達、ぼんやりしていないで拷問を開始なさいよ」

と、桃子は伊沢達の方に振り向いて声をかけた。桃子のその目はふと狐のように無気味な燐光を放っているようだった。

淫情に負けた美加夫人

美加夫人はつんざくような悲鳴を上げてベッドに固定された裸身を激しく揺さぶっている。佐山と伊沢が左右からベッドの上の夫人にまといつき、指先や掌をその柔肌《やわはだ》に触れさせると夫人は狂気めいて悶えるのだ。

「そ、それが憲兵のする拷問というものですの」

と、狂ったように身悶えながら皮肉っぽいいい方をしたり、カッとなった伊沢が柔らかい乳房をわしづかみすると、

「憲兵というのはみんなそのように獣なんですかっ」

と、わめいたりする。

「罪人の口を割らすためには手段を選ばない主義でしてね」

佐山は夫人の白い脂肪で艶っぽく輝く裸身がのたうち回ると生唾を呑みこみながら、

「こんな事は本当はしたくないのだが」

などといいながらもう矢も楯もたまらぬ気分となってうねり舞う官能味豊かな太腿を片手でかかえこみ、その付根のふっくらと盛り上がった部分に指先を近付けようとする。

途端に夫人は火でも押しつけられたような悲鳴を上げ、

「な、なにをなさるのっ」

と、叱りつけるような激しい声を出した。

「こんなに乾燥していては責め棒が使えないじゃありませんか」

と、佐山は硬く緊まっている筋肉に舌打ちし、夫人の乳房を押えこんでいる伊沢は、それならこうしてやる、という風に力を入れて激しく揉みしごき出した。

憲兵達は夫人を恍惚の状態に追いこんで骨抜きにし、井上の居所を夢うつつの中で口走ら

せようとする作戦を立てている。いや、もう彼等にとっては井上の居所などは二の次でこの気性の強い貴婦人を法悦境の中へ引きこんでやる……と片意地になっているのだ。

激しい悲鳴と共に開股にされた二肢をうねらせ、腰を揺さぶり抜く夫人にはかまわず強引に女の花芯に指先の責めを加える佐山だったが一層強まる汚辱感と嫌悪感のために筋肉は責めれば責める程、頑なに緊まって一滴の潤みも生じない。

佐山は業《ごう》を煮やして責具を手にし、一気に突き立てていったがそれは頑として受け入れず、いたずらに夫人に悲鳴を上げさせるばかりであった。

「これは処置なしだな。この奥様は不感症か」

と佐山はいい、伊沢と目を見合わせて苦笑しながら手を引いた。

男達の攻撃が中断されると美加夫人は大きく肩で息づき、唇を半開きにして喘《あえ》ぎながら、

「後生ですから、そんな馬鹿な真似はもうおよしになって。軍人さんのなさる事じゃないわ」

と、すすり上げるような声でいうのだ。

「そうはいかんよ」

と、佐山は額の汗を手の甲で拭きながらいった。

「こうなればこっちも意地だ。石女《うまずめ》と定評のある四国女郎を俺は立てつづけに五度も気をや

らせた事があるからな」

と、段々、露骨な事をいい出して、布袋の中から小さな瓶を取り出した。

瓶の中の油のようなものを責具の先端に塗りつけている男達をチラと見た夫人は哀しげな目をしばたかせ、

「ああ、まだ、そんな事をなさる気なの」

と、声を慄わせ、さっと美しい顔を横に伏せてさも口惜しげに肩を慄わせて嗚咽し始める。

「ね、私に手伝わせてくれない」

と、先程から憲兵達の行為を黙って見つめていた桃子が悪戯っぽい眼差しを佐山に向けていった。

「思ったよりあなた達、無器用ね」

桃子はクスクス笑いながら、

「そんなにゴシゴシ責めたてたって女の身体は柔らかくならないわ。まるで貝殻を閉じさせるような責めを続けているようなものだわ」

というのだった。

「ほう、お前ならこの貴婦人の貝殻を開かす事が出来るというのか」

「少なくとも女の私の方があなた達よりコツを知っているという事よ」

佐山と伊沢は次第に魔性を発揮し始めて来た桃子を半ば薄気味悪く思っている。

「かわってるな、こいつ」

と、いいながらも伊沢は、よし、とうなずいて、

「じゃ、貴様、やってみろ」

と桃子の顔を見ていった。

桃子は美加夫人の縛られているベッドに近づき、新たな恐怖のため象牙色の頬を凍りつかせている夫人の顔に微笑を浮かべてのぞきこむ。

夫人の頬に煙のようにもつれかかっている乱れ髪を優しく上へ指ですき上げながら、

「奥様、今度は私に愛させて下さいね。男達のような乱暴な方法は見ちゃいられないわ」

と、桃子は含み笑いしながらいうのだった。

「それじゃ、私、ここを受け持つから、あなた達は奥様のおっぱいを上手に揉んであげて頂戴。さっきみたいに乱暴なのは駄目よ。うんと優しく、ゆっくりと」

桃子は憲兵達にそう声をかけると上気した顔を夫人の下腹部の方へ移行させていった。

「桃子さんっ」

夫人は桃子が自分の敏感な部分を女だてらに愛撫しようとしている事に気づくと、カッと頭に血がのぼって逆上したように顔を上げた。

「あ、あなた、何をなさろうというの」

「奥様のここを私が受け持って優しく愛してあげるの。大丈夫、私こんな事には経験があるんだから」

桃子の指先が開股に裂かれた太腿の付根あたりを這《は》いずり出すと、夫人は先程、憲兵達の狼藉《ろうぜき》を受けた時よりも激しい動揺を示し、昂ぶった声をはり上げるのだった。

「桃子さんっ、何て事をなさるのっ」

女中の指先が太腿の上を這いずり、最も敏感な部分の周辺を撫ぜさすっている。

女中のなぶりものにならねばならぬのかと思うと夫人は自分のあまりのみじめさに号泣し始めた。

「やめて、ああ、やめてっ」

と、夫人は腰を激しく揺さぶって女中のおぞましい指先を振り払おうとし、また、

「女中の分際で、私を男と一緒になぶり抜こうという気なの」

と、夫人は怒り狂い、

「けがらわしいわっ」

と、思わずヒステリックな声を出した。

夫人のそんな逆上ぶりは桃子の火に油を注いだようなものだ。

「何とでもおっしゃいな、奥様」

桃子は夫人に対する敵意をもろにぶつけようとはせず、夫人を微妙なタッチでくすぐったり、妖しい白さを持つ内腿を掌でゆっくり揉みほぐすように愛撫したりする。

「まあ、奥様のこれって割に大きいのね」

桃子は憤辱に狂い出しそうになっている夫人をからかって花の蕾《つぼみ》を指先で押してはクスクス笑ったりするのだ。

憎悪と嫌悪に狂いそうになっている夫人にゆとりを持って桃子はそんな淫らな逆襲に出ているのだ。

「な、なにをするのっ、やめてっ」

美加夫人はその蕾をつままれると激しく狼狽し、上ずった声をはり上げた。

「あら、ごめんなさい。あんまり可愛いのでついつまんでしまったわ」

そんなからかいを折り混ぜながら桃子はわざとあわてて指を離し、妙な優しさをこめて絹のように柔らかい繊毛を軽く撫ぜさすったりするのだ。

桃子に対する嫌悪がますます昂まるのとは逆に夫人の身体は桃子の微妙な指先の愛撫で次第に燃え立ち始めたのである。わざと核心には触れようとせず、その周辺をマッサージするような仕草で揉みほぐし、ふと、それに触れれば、あら、ごめんなさい、とあわて気味に指をひっこめたりし、そんな桃子のなぶり方は女特有の意地悪さのようなものが感じられ、夫人は自分の官能が知らず知らずの内に掻《か》きたてられていくのが自分でもわかるようになった。

また、佐山と伊沢にゆっくりと揉まれている乳房、それがまた桃子の責めとぴったり呼吸を合わせるようにして夫人の肉を徐々に溶かせ始めている。

腿の付根あたりから桃子は的を絞るように女の源泉へ指を触角のように這わせてくる。

「やめて、ね、桃子さん、ねえったら」

夫人は美しい額に脂汗を滲ませ、最後の力を振り絞るように腰を揺さぶって桃子のいまわしい指先を払いのけようとした。しかし、甘ずっぱい快美感は身体全体を押し包み、夫人の抵抗は段々と力無さを帯び始めてくる。

遂に桃子は柔肌に触れ始め、本格的に粘っこい指先の愛撫が開始されたが、夫人は今まで見せたような激しい狼狽は示さなかった。

女中に辱しめられているという屈辱的な快感を一層掻き立てるのか、夫人は身も心も次第に痺れさせていき、固く目を閉ざしたまま切なげな鼻息を洩らすだけとなっている。

「まあ、こんなに濡らしているわ」

と、わざと声をあげる桃子の意地悪さにも夫人はあわてる気配は見せなかった。

むしろ、桃子のそんなからかいに身内を一層掻き立てられて夫人は真っ赤に上気した顔を横に伏せながらシクシクとすすり泣くだけとなったのである。

「成程《なるほど》、うまいものだな。つまり、お前は同性愛の経験者というわけか」

などと夫人の乳房をゆっくりと揉み上げている佐山は、桃子の巧みな技巧に見入りながら声をかけた。

「そんな事よりももっと優しくおっぱいを揉まなきゃ駄目よ。乳首を口で吸ってあげなさいよ」

桃子は夫人をいたぶる事に夢中になりながら顔も上げずに佐山達にいった。

主導権を桃子にすっかりとられた形の二人の憲兵は桃子に指図されるまま夫人の乳頭に口を押しつけたり、夫人の赤らんだ耳たぶやねっとり脂汗を浮かべたうなじのあたりへ熱っぽい接吻を注ぎつづけたが、夫人はそれをさけようとする気ももう失っていた。

それだけではなく、耳や首筋、そして乳房などに熱い口吻《くちづけ》を遮二無二注ぎかけられて夫人は身内にたぎる情欲を一層燃えたたせ、

「ああ――」

と大の字に縛りつけられている優美な全身を悩ましく悶えさせ、そんな行為をもっと求めているような風情を示しているのだ。

美加夫人は完全に悦虐の情欲の中へ没入してしまっている。

桃子の巧みな指さばきで可憐な花の蕾を、小刻みに愛撫されているのだが、夫人は抵抗の意志も嫌悪の情もすっかり今は失って、ただ息の根も止まるような快美感にのたうっているようだった。

「如何、奥様、女中の私にこんな事されてまだ口惜しい、ふふふ。でも、もう口惜しくはないでしょう。こんなに悦びのよだれを流しているんですもの」

桃子は愛撫しながら盛んに夫人をからかい、嘲笑するのだった。

「桃子さん、ああ、も、もう許してっ」

「ふふふ。そうはいかないわ」

夫人は悦楽の頂上に向かって追い上げられていく自分を意識すると汗まみれになっている全身を急に激しく悶えさせ、切れ切れの声を出して哀願するのだった。

淫情に破れたみじめな姿を女中の前に露呈しなくてはならぬと思うと一瞬、自意識がこみ上がり、夫人は動揺を示したのだ。

桃子は急激な指の動きをゆっくりとした動きに変えて、いきそうなの、と妖婦めいた微笑を口元に浮かべていった。

美加夫人はすすり上げながらうなずいて、

「お願い、もうこれ以上、私にみじめな思いをさせないで、桃子さん」

と、声を慄わせて哀願している。

「そう。恥をかきたくないというなら井上さんの居所を吐く事ですわ」

と、桃子は冷ややかな口調でいった。

「どうしたんです。すすり泣いているばかりじゃわからないわ。しゃべるの、しゃべらないの」

桃子はチラと佐山の方を見て、懊悩《おうのう》の極にある夫人を訊問していく。

「そ、それだけは、ああ、いえません」

美加夫人が声を上げて泣きじゃくりながらいうと桃子は佐山の方に目を向けて、

「さっきの道具をこっちへかしてよ」

と、手を出すのだった。

「嫌っ、ああ、嫌よ」

桃子は佐山から受け取った珍具を夫人の柔肌に押し当てていく。

「さ、うんと恥を晒すがいいわ」

桃子は狂女になったように美加夫人に責めの矛先《ほこさき》を向けるのだ。

「うっ」

と美加夫人は押し潰されたようなうめきを上げ、大きく首をのけぞらせた。

先程、伊沢達に矛先を向けられてもぴっちりと肉は緊まって侵入を許さなかったそれは、まるで嘘のように柔らかく開花している。

夫人は、獣のようなうめきを洩らし、のけぞらせた首を狂おしく左右へ振った。

魂を緊め上げるような鋭い快感が忽ち夫人の全身を貫いた。

腰から背骨までが一気に痺れて、夫人は桃子が責具を操作するや否や到達してしまったのだ。

ああ、と火のような戦慄を全身を痙攣させて伝えながら夫人はがっくりと首を横に伏せたのである。その時、梯子を誰かが登ってくる気配を感じ、桃子は、

「旦那様ですの」

と、はずんだ声を出して振り返る。

屋根裏部屋へ登って来たのは梅子であった。

「旦那様がここの様子を見て来いとおっしゃったので」

はっきりわけのわからぬまま梅子はこの天井裏へ登って来たらしいが、ふと、木製のベッドの上に大の字で縛りつけられている美加夫人に気づいた梅子はいきなり冷水を浴びせかけられたように慄然としてそこに棒立ちになってしまった。

「な、なんてひどい事を――」

梅子は真っ蒼になり、膝頭をガクガク慄わせ、見てはならないものを見たようにさっと顔をそむけてしまった。

身も心も木端《こっぱ》微塵《みじん》に打ちくだかれた美加夫人はがっくりと横に顔を伏せたまま死んだように固く目を閉じ合わせ、微動もしなかった。

「あら、気を失ったのかしら」

桃子は静かに、汗ばんだ夫人の肩を軽く揺さぶった。

かすかに呼吸は通り、乳房のあたりは波打っているが夫人は完全に失神している。

「フフフ、余程、よかったのね。やっぱり気を失っているわ」

桃子はそれから生々しいばかりの柔肌を指で示し、悦楽の余韻をいまだに伝えてヒクヒクと息づいている女体に目を向けながら憲兵達と一緒に哄笑するのだった。

「貴婦人もこうなるとだらしがないわね。どう、この凄い流しよう」

「嫌いな方じゃないらしいな」

と、佐山も調子を合わせ、再び一緒に哄笑する。

梅子の目にはそんな桃子や佐山達が地獄の赤鬼青鬼のように映じて恐怖の慄えがどうしても止まらなかった。

色拷問

「梅子さん、こっちへいらっしゃいよ。面白いわよ」

桃子は、フフフ、と含み笑いしながら、蒼ざめた表情でそこに突っ立っている梅子をおかしそうに見つめた。

「強情をはるから使用人達の前でこんな赤恥を晒さなきゃならないのよ」

それが主人である美加夫人に対する言葉かと梅子は桃子のニヤニヤしている顔を睨みつけるようにした。

憲兵達は夫人の淫情にくずれた柔らかい微妙な襞をまるで玩具の構造を調べるように指先でまさぐっている。正《まさ》に淫鬼に化した男達を見て梅子はぞっとしたものを感じた。

夫人は完全に失神して、男達にどう悪戯されようと薄く目を閉ざしたまま微動もしなかった。

「立派な上つきだ」

と、二人の憲兵は腐肉をあさる狼のように夢中になりながら、ふと顔を見合わせて笑い合っている。

しっとりと翳りのある柔らかい頬に乱れ髪をもつらせながら失神している夫人は小さく息づいている。

「奥様、しっかりなさいよ。これ位の事で気を失ってどうするのよ」

桃子は冷たく冴えた夫人の白い頬を軽く手でたたき、麻縄に緊め上げられている夫人の柔らかい乳房をゆさゆさと両手で揺さぶるのだ。

ふっと薄目を開き、桃子の視線にぼんやりと未《いま》だ夢見心地の瞳を向けた夫人は、忽ち、美しい顔を真っ赤に火照らせて目を伏せた。

言語に絶する羞ずかしい責めを受け、口惜しくも女中の桃子の目に淫情に破れ、みじめな姿を晒してしまった——そう思うと美加夫人はもう生きた心地もしない。

「フフフ、気がおつきになったの、奥様」

桃子は夫人が正気づいたのに気づくと、クスクス笑い出して、

「如何、素敵な気分だったでしょう。何よりもこれが証拠よ」

と、袂からチリ紙をとってその悦楽のあとをきれいに拭き取るのだった。

女中の手でそのように凍りつくような汚辱の思いを味わされる美加夫人は、ひきつったような表情になっている。

「まあ、凄いわ。そんなに……奥様」

桃子はわざと驚いた声を出し、夫人を一層、救われぬ汚辱の底に突き落としていくのだ。

ベッドの上で開股にして固く縛りつけられている美加夫人の優美な二肢が屈辱にブルブル慄えた。

何とか二肢を縮めたいとする身悶えは一層、自分をみじめにし、夫人はもうどうにもならないという諦めを持つと死んだようにじっとして桃子のそんな行為を受け入れていった。

「桃子さん、お願い、もういい加減、この縄を解いて」

美加夫人は激しく嗚咽しながら、なよなよと首を振って桃子に哀願した。

「あら、それじゃ拷問にならないじゃありませんか。責めから解放してほしければ井上さんの居所を吐かなきゃ駄目よ。ね、そうでしょ、佐山さん」

桃子は佐山の顔を見ていった。

「そうだ。我々の目的は奥様の口から井上の居所を聞き出す事です」

佐山はビールをコップに注いでうまそうに飲みながら、

「そのため、不本意ながら奥様をこのように女にとって最も効果的な責めにかけているのです」

と、笑っていうのだった。

「五分休憩して再び、今の責めを続行しますよ」

と、伊沢もビールを飲みながら夫人の強張った顔を面白そうに見つめていった。

「いくら奥様が失神しても井上の居所をしゃべるまで続けます。いいですか」

佐山はそういうと、再び、責具の先端にクリームを塗り始める。

「ああ、もう、もうそんな真似はよして」

美加夫人は酒気を帯びた憲兵二人がつかつかとベッドに近寄り、淫らな責めを再開しようとすると、おびえ切って人の字にベッドへ固定された柔軟な美しい裸身を悶えさせる。その悶えにも力はなく夫人は気弱な眼差しを二人の憲兵に注いで唇を慄わせ、小さな声で哀願するだけであった。

「待ってて」

今まで、この地獄の光景から必死に目をそらせていた梅子がもう黙ってはいられず、佐山の前に立ち塞《ふさ》がった。

「獣のような真似はよして下さい。そ、それでもあなた達は軍人なんですか」

梅子は前後の見境もつかず、半ば逆上して佐山の胸を押すようにした。

「貴様は桃子と違ってどうしてそう非協力的なんだ」

佐山は笑って、梅子の襟首をつかみ上げた。

ベッドに縛りつけられている美加夫人は梅子がこの場に居合わせていたのに気づいて新たな羞恥の火照りを見せ、さも辛そうにさっと顔を横へねじった。

「あなた達のような軍人がいると国が亡びるわ」

梅子が昂ぶった声でそう叩ぶと、

「何だと、もう一度いってみろ」

伊沢が梅子の頬をいきなり激しく平手打ちした。

「帝国軍人を貴様は愚弄《ぐろう》する気か」

伊沢は梅子を床へ突き飛ばし、更に足で蹴り上げようとする。

「待って」

と、今度はベッドに縛りつけられている美加夫人がうろたえ気味に口を開いた。

「あなた達は私を責めるのが目的なのでしょう。その娘《こ》は関係ありません。手出しをなさらないで下さい」

梅子をかばって夫人はそういい、固く閉じ合わせている眼尻から涙を幾筋もしたたらせているのだ。

「奥様」

梅子は思わず胸がこみ上げて来て、ベッドの上の夫人に取りすがり、声をあげて泣き出した。

「どうして奥様がこんな人達の手でひどい目に遇わされなきゃならないのです。私、わからないわ」

と、泣きじゃくりながら梅子は肩を慄わせている。

美加夫人も梅子と一緒に嗚咽しながら、

「梅子さん、私、私、口惜しいわ」

と、奥歯を噛み鳴らしていうのだった。

「さて、そろそろ第二回目の訊問を開始しましょうか、奥様」

佐山は梅子の肩先をつかんで、どけ、と横へ押しやった。

ひきつった表情になって何か憲兵に毒づこうとする梅子を桃子が押しとどめた。

「何もあんたが奥様に義理立てする事はないわよ。憲兵さん達に任せておけばいいじゃないの」

桃子は薄笑いを浮かべて梅子の手を強く握るのだった。

「桃子ねえさん、あなたには人間の血が通っていないの」

梅子は桃子の顔を睨みつけるようにしていった。

「どうしたのよ、そんなこわい顔をして」

桃子は興奮している梅子をおかしそうに見て、

「私はお国のために憲兵さん達の仕事に協力しているだけよ。井上さんの居所を奥様が素直に吐けばこんな辱しめを受けなくたってすむのよ」

悪いのはあくまでも憲兵達に楯をつき通す美加夫人だと桃子はいうのだった。

憲兵達の淫らな拷問は再開された。

佐山はシクシクとすすり上げている夫人の乳房に手をかけてゆっくりと揉み始め、伊沢は露わにしているその部分を責具の先端で軽くたたきながら、

「どうです奥さま、まだ、井上の事を口にする気にはなりませんかな」

と、訊問している。

夫人は哀しげに美しい額に皺《しわ》を寄せ、固く目を閉ざしながら、しかし、はっきりした口調で、

「存じません」

というのだった。

それを自分達に対する執拗な挑戦と解釈した二人の憲兵は、

「よろしい」

と、含み笑いしながらうなずき合って、淫虐な責めを開始するのだった。

伊沢がぐっと強く押し始めた責具を夫人の柔らかい女体にあてがっていった。

「うっ」

と、責具がなぶりはじめた途端、夫人は一瞬、激しい身悶えを見せて、それを振り切ろうと身体を揺さぶったが、責具を含みこませていくと、もはや抗し切れないと観念し、伊沢の操作に合わせて身体を波打たせるだけとなってしまった。

悪　計

「どうかね、口を割ろうとはせんか」

次の日の朝、西崎は階下の奥座敷で二人の憲兵達と一緒に朝食をとりながらいった。

佐山も伊沢も昨夜は西崎の屋敷に泊りこむ事になり、徹底して美加夫人を羞恥責めにかけたのだ。

大きな床の間を背にしてあぐらを組む西崎は佐山と伊沢に酒をすすめながら、しきりに天井裏の美加夫人に対する色責めのてんまつを彼等に語らせようとしている。

「いや、相手が西崎男爵の奥方ですからね。一寸、あれを説明するのははばかられますよ」

佐山が思わせぶりないい方をして笑うと、

「こいつ、じらしたいい方をしおって」

と、もう朝酒で真っ赤に顔を火照らせている西崎はポンと佐山の肩をたたいて笑うのだった。

憲兵達が如何に妻をなぶり抜いたか、それを朝酒の肴にして聞こうとする西崎——たしかにこの男は変わっていると佐山も伊沢も思うのだ。

つまり、西崎は変質者であると同時に性的不能者なのではないか、と二人は想像する。

「君達は僕の性癖の事はよく知っていると思うが」

西崎は盃《さかずき》の酒を喉へ流しこんで、

「俺は今、サディストとしての最高の感激に浸っているんだ。俺は美加を心から愛している。愛すればこそ責めさいなむというのがサディストの心理なんだ。俺は勇気がないばっかりに美加だけにはどうしても加虐行為を加える事は出来なかった。何時《いつ》も空想の中で妻をあらゆる方法で辱しめる事を考えていたんだ。だが、それが現実となっている。美加は国事犯と姦通し、俺にとんでもない煮え湯を飲ませおったが、それを理由にあいつを今、徹底して責める事が出来るのだ。しかも、俺の手ではなく他人の手でいたぶられ、あいつは汚辱の底にたたきこまれている。妻を他人の手で責めさせる、これはサディストにとっては実にぜいたくな遊びだよ」

　と、楽しげにしゃべり出す。

　そこへ、桃子が盆に銚子を載せて運んで来た。

「どうだ、桃子、うん、美加を心いくまで責めてやったか」

　卓の上に銚子を並べる桃子の肩に手をかけて西崎は上機嫌でいった。

「ええ、たっぷりといじめましたわ」

　桃子は媚《こ》びを含んだ微笑を口元に浮かべてチラと伊沢の方に目を向け、

「幾度ぐらい気を失ったかしら、奥様は」

「うん、少なくとも五回」

　桃子と憲兵二人は自分達だけの秘密を楽しみ合うような笑い声を立てた。

「でも、奥様って嫌いな方じゃないようね。あんなに玉の露を流すなんて、私一寸、信じられなかったわ」

　と、桃子は西崎に酒をすすめられると、そんな露骨な事をいい出すのだった。

「そうか、そんなに露の多い女か」

　と、西崎は桃子の話を上機嫌で聞いている。

「あら、旦那様、おとぼけね。御主人が奥様の体の事を知らない筈がないじゃありませんか」

　一杯の酒で顔面をもう赤く染めた桃子は西崎の方にとろんとした瞳を向けて笑った。

「いや、俺はあの女と一緒になって以来、床を一緒にしたのは数える程しかないからな」

　西崎はそういってから、

「さて、今日はどんな方法で責めるんだ。井上の居所を吐かすためには手段を選ばずだ。徹底してやれ」

　と、わめくようにいった。

「承知しました」

　と、佐山はいい、

「美加夫人に対する拷問は現在も続行中ですよ」

　と、いった。

「昨日より奥様をトイレへ行かせていないのですよ、旦那様」

　と、桃子はいった。

「これはなかなか効果的な拷問ですよ。人間、出るものを出せないとこれは辛いですからね」

　佐山はそういって笑い、今朝方、桃子と一緒に天井裏の夫人の閉じこめられている檻を視察に行ったというのだ。

昨夜から手洗い場へも行けぬ夫人は、恥を忍んでトイレへ行かせてくれるよう桃子に頼んだという。

「井上さんの事を白状すれば行かせてあげるといったら奥様、黙ってしまったわ」

桃子は西崎の盃に酒を満たしながらそういった。

「そうか、それは面白い。奴は便所へ行く事すら出来ないわけだね」

西崎は腹をゆすって笑っている。

憲兵達や桃子が夫人に対し、淫虐さを発揮すればする程、西崎は楽しくてならないようである。

「ところで男爵」

と、佐山もまた西崎の盃に酒を満たしながらいった。

「今日の色拷問は、まず毛剃りから始めようと思うのですが、一応、これは男爵の許可を得なければなりませんので」

「ほほう、毛を剃るというのだね」

西崎は葉巻を口に咥《くわ》えながらいった。

「訊問してみて、まだ、口をつぐむようでしたらそういう羞恥責めを始めようと思うのです」

美術品に傷をつけるような真似は好まぬので男爵の意向をお聞かせ願いたい、佐山はいうのである。

「かまわん、君達の思うままに扱うがいい」

西崎は葉巻の煙を吐き出しながらいった。

「それは男爵にして頂いた方がいいように思われますが」

西崎がそんな趣味を持っている事を佐山達は知っているから、その私刑《リンチ》は西崎自身が手を下すよう佐山は望むのだったが、

「いや」

と、西崎は手を振っていった。

「この場合、そんな事はすべて君達の仕事じゃないかね。僕はただ立会人として付き添うだけにとどめておくよ」

「わかりました」

佐山がうなずくと、もうすっかりいい気分に酔ってしまった桃子は、

「面白そうね。ねえ、その仕事、私にも手伝わせてよ」

と、佐山の方に目を向けていった。

襖が開いて今度は梅子が料理を盛った小鉢を盆に載せて運んでくる。

硬化した表情で卓の上に小鉢を並べる梅子は佐山や伊沢達に何かからかわれても口一つきかなかった。

「梅子、何をそんなにふくれ顔をしとるのだ」

と、西崎が声をかけたが、それでも梅子はニコリともせず、そそくさと立ち上がって部屋から出て行った。

「全くあいつ、感じの悪い女中だ」

と、佐山は吐き出すようにいったが、

「まあ、捨てておけ、あいつに俺の趣味を理解しろといっても無理な事だからな」

と、西崎は別段気にもかけず、ゲラゲラ笑うだけだった。

剃毛リンチ

檻の中に閉じこめられている美加夫人は、うずくまるように小さく膝を縮めて、涙も涸《か》れ果てた瞳でじっと一点を見つめていた。

縄は解かれていたが一糸まとわぬ素っ裸のまま、その紅味を帯びた光沢のある裸身を縮みこませ、夫人は虚脱したような表情になっている。

梯子を誰かが音を軋ませて上って来る気配がするので夫人はさっと上体を起こし、華奢な両手で乳房を覆いながら狭い檻の中を後ずさりしていく。

天井裏へ登って来たのは梅子であった。

「ああ、梅子さん」

夫人は相手が梅子であるのに気づくとほっとして緊張を解いた。

「奥様——」

梅子は鉄格子に手をかけて涙ぐみながら哀れな夫人を眺めた。

「さぞ辛いでしょうね、奥様。代われるものなら私、奥様に代わってこの檻の中に入りたい位ですわ」

「有難う、梅子さん。私、あなただけが頼りになるような気がするわ」

夫人は鉄格子に額を押しつけてすすり泣く梅子の手を檻の中から手をのばして触った。

夫人のその手は艶っぽく光って白蠟《はくろう》のように白い。

何て綺麗な手だろうと梅子は夫人の白い手の甲を思わず握りしめた。

このような美しい夫人が、どうしてこのようなむごい目に遇わさなきゃならないのか、梅子はハラハラと涙をこぼしながらその冷たい夫人の手の甲を自分の頬に当てた。

「奥様、どうしてあのような恐ろしい人の奥様になられたの」

梅子はすすり上げながら夫人にいった。

「それには色々と仕方のない事情があったのよ、梅子さん。それより、あなた、どうしてこんな恐ろしい家へ女中なんかに来たの」

「私だって仕方のない事情があったのです、奥様」

梅子はもしこの美しい人が自分の本当の姉であれば——そんな甘い空想に浸りながら、夫人の華奢な手の甲に頬ずりし、涙をとめどなくしたたらせるのだ。

「何とかして奥様をここからお救いしたいのですけど、鍵は旦那様が持っているし、憲兵達はまだ家にいるし、どうしようもないのです」

梅子が口惜しげにいうと、夫人は哀しげな目ばたきをしながら、

「いいのよ、梅子さん。私を助け出そうなんてすれば、あの鬼のような西崎に何をされるかわからないわ」

もう私、どうなったっていいのよ、あんな辱しめを受けて、もう井上さんに合わす顔もないわ、と夫人は自嘲的ないい方をするのだった。

「ね、奥様、何か私に出来る事があればおっしゃって下さい」

お腹がすいてはいませんか、喉が渇いちゃいませんか、と梅子は美加夫人に対し、それ位のことしか出来ないのだ。

「ね、梅子さん」

と、夫人はせっぱつまったような顔を上げ、梅子の目をおどおどしながら見つめた。

あの、といいかけて忽ち頬を真っ赤に染めて俯き、

「私ね、梅子さん、困った事になったの。ね、笑わないでね」

と、声を慄わせていうのだった。

「何ですの、奥様、はっきりとおっしゃって下さい」

梅子が鉄格子に手をかけながら、さも恥ずかしげにうなだれている夫人に声をかけた。

「あの憲兵達はね、私にお手洗いに行く自由も与えないのよ」

夫人の白い滑らかな頬に涙が一筋二筋、したたり落ちる。

「行きたければ、井上さんの居所を吐けと、ねえ、梅子さん、こんな卑劣な拷問てあるかしら」

「まあ、何てひどい」

梅子は唖然とした顔つきになった。

思いなしか二つ折りに身を縮めている夫人の腰部のあたりが小刻みに慄えているようだ。

生理の苦痛に耐えかねているのではないかと思うと、梅子は一体これはどうすればいいのかといらいらした気分になってしまった。

女の生理的な苦痛を拷問の一つにし、何としても男の居所を聞き出そうとする憲兵達の残忍さに梅子は慄然とし、その苦痛を今、歯を喰いしばって耐えている夫人は哀れを通り越して悲壮な感じさえする。

「梅子さん、恥を忍んでお願いするわ。ここへおまるを持って来て下さらない」

夫人は耳たぶまで真っ赤に染めて梅子から視線をそらせながらいうのだ。

そうか、それより方法はないのだ、と思うと梅子はうなずいて、

「今、すぐお持ちしますわ。待っていて下さいね、奥様」

梅子はあわてて立ち上がり、屋根裏部屋から出て行った。

そのあと、美加夫人は狭い檻の中の中央に正座し、両乳房を両手で覆いながら上体を前に曲げ、こみ上げてくる生理の苦痛をぐっとこらえていた。夫人の美しい額にはべっとりと脂汗が浮かんでいた。

大急ぎで梅子が金物店から白い便器を買い、天井裏へ戻って来ると、夫人の生理はもう限度に達したのか、夫人の柔媚《じゅうび》な肌はすっかり蒼ざめていた。

「ああ、梅子さん」

夫人は紙包みを急いで破って便器を取り出す梅子を見ると、すまなさと恥ずかしさで小さく縮めた裸身を身をもじもじさせながら深く首を垂れさせている。

「さ、奥様、憲兵達がここへ来るとまずいわ。早くすまして下さい」

一束のチリ紙と一緒に便器を檻の格子の間から差しこんだ梅子は早口でいった。

「こんな事をあなたにお願いして、ほんとうに私、何ていったらいいかわからないわ。笑わないでね、梅子さん」

夫人はそれを格子の間から受け取ると檻の隅へそっと置いた。

「見ちゃ嫌よ、梅子さん」

檻の前でぼんやり突っ立っている梅子に夫人は哀しげな柔らかい微笑を口元に浮かべて声をかけるのだった。

檻の中にうごめく優婉な妖しい白さを持つ裸身に陶然とした思いで見とれていた梅子はハッと我に返り、

「すみません、奥様」

と、顔を赤らめ、あわてて部屋の隅へ身を寄せ、檻の方には背中を見せて金縛りになったようにじっと立っていた。

「耳をふさいで頂戴。お願い、梅子さん」

夫人の甘えるような柔らかい声が聞こえてくる。

梅子はいわれるままに両手で耳を覆った。

今、美加夫人はブリキの便器に跨《また》り、用を足しているのかと思うと梅子は何か恐怖を覚え、膝頭がブルブル慄えた。

「梅子さん」

用を足した夫人は気弱な声で梅子を呼んだ。

梅子が振り返ると檻の中の夫人は便器の横に艶っぽく光った美しい裸身を小さく縮かめて坐っている。

さも恥ずかしげに上目《うわめ》使いに梅子を見つめる夫人は何とも優婉で魅惑的なものとして梅子の眼に映じた。

「おまるの始末を致しますわ」

憲兵達にこれが見つかると夫人も自分もどんな折檻をされるかわからない。梅子は檻の傍へ近づいた。

「すみません、こんな事をあなたにさせて」

美加夫人は蓋をした便器を鉄格子の間から差し出し、梅子に渡しながら真っ赤に顔を染めていた。

梅子が便器を抱えて屋根裏部屋から出ようとした時、梯子を誰かが登ってくる気配がする。

ハッと梅子は棒立ちになり、柱のうしろへあわてて便器を隠そうとしたが、

「何をしとるんだ、貴様」

と、天井裏へ登って来た憲兵の佐山は大声を出すのだった。

佐山のあとに伊沢、そして、桃子、西崎までが連なって部屋へ入ってくる。

佐山は梅子の隠した便器を見つけると、

「ほう、こいつ、奥様に忠義立てをしやがったな」

と、伊沢の顔を見て笑った。

「誰の許しを得てそんな事をしたんだ」

と、佐山は立ちすくんでいる梅子の肩を邪険に押した。

「お節介な真似はおよしよ、梅子」

と、桃子も梅子に声をかけた。

「井上の居所を我々は何としてでもこの奥様から聞き出さなきゃならないんだ。そのために手段を選ばずの方法をとっている。貴様は我々の任務を邪魔する気か」

佐山は硬化した表情の梅子にそんないい方をして、次に檻の中で縮かんでいる美加夫人に声をかけた。

「奥様、うまく梅子を使って逃げましたね。だが、憲兵をそう甘くみてもらっちゃ困りますよ」

さて、訊問を開始しますから出て来て下さい、と佐山は檻の扉を開けた。

夫人はチラと佐山に敵意のこもった瞳を向け、その目を静かに閉じ合わせていきながら、胸の隆起を押えたまま深くうなだれてしまうのだった。

「さ、出て来て下さい、今日は御主人も立ち会われるそうですから」

佐山はそういって暗い檻の中で妖しい白さを持つ裸身を縮めている夫人に催促するのだった。

夫人は冷ややかな横顔を見せて檻の中から静かに出て来る。

ニヤニヤと片頬を歪めている西崎の方にふと視線を向けた夫人は何の感情も表情には表わさず、片手で乳房を覆い、片手で前を隠しながらその場に絖のような光沢を持つ裸身を立たせているのだ。

夫人を再び木製のベッドに縛りつけるべく二人の憲兵は皮ベルトの調子を点検している。

「今日はね、昨日よりももっと大きな声で泣いて頂く事になりますわ」

桃子は手にしている責具にクリームを塗りながら夫人の硬化した表情を楽しそうに見ていった。

「いくら私に淫らな責めをなさっても井上さんの事は語りませんわ。それだけははっきりいっておきます」

夫人ははっきり口に出してそういうと、自分からベッドの方へ身を近づけていく。

このベッドに大の字に寝て、男達に淫らな責めを再び受ければいいのだ、と夫人は自分にいい聞かせ、

「ここへ寝ればいいのね」

と、気品のある繊細な頬を薄紅く染めながらベッドへ自分から乗ろうとした。

「待って下さい、奥様」

と、佐山は薄笑いを浮かべていった。

「そのように柔順に拷問台に乗って頂く事は有難いのですが、今日はその前に一寸、細工しておきたい事があるのです」

佐山はそういうと伊沢と一緒に麻縄を手にして夫人の背後へ近寄った。

「どれ、両手をうしろへ回して下さい」

佐山に軽く肩をたたかれた夫人は、逆らわず柔軟な白い腕を背中の方へ回していく。

どうとも好きなようにするがいいわ、といった捨鉢さを夫人は持ち出したようだ。

憲兵二人にがっちりと後手に縛られた夫人はそのまま柱の前まで引き立てられる。

佐山と伊沢は夫人を柱に立位にして縛りつけると、桃子の方にチラと視線を向けた。

桃子はうなずいて夫人がぴったりと揃えている爪先《つまさき》にハンカチを敷き、西洋剃刀を袂の中から出した。

「何をなさろうというの」

桃子が小皿に溶かした石鹸水と刷毛を持ち出して来ると、夫人は得体の知れない恐怖が背筋を走り、石のように緊縛された裸身を硬化させながら桃子を睨みつけるようにした。

「実はね、奥様。今日はどうあっても井上の事を聞き出すために別の羞恥責めを考えたのです」

佐山は見事な官能美を湛えた夫人の裸身を恍惚とした表情で眺めながらそういった。

「御主人の許可も得ましたからね」

と、伊沢は北叟笑んでいった。

伊沢と佐山の目は夫人のからだのその部分に注がれている。

柔らかくむっと盛り上がった夫人の繊毛のあたりを男二人は貪るように凝視しているのだ。

「何を、何をなさろうというのです」

夫人はそんな男の淫らな視線が耐えられず、ぴたりと肉づきのいい太腿を密着させて声を慄わせた。

「奥様のその媚めかしい茂みをこれから一本残らず剃り取らせて頂くわけです」

「な、なんですって」

夫人はキリリと柳眉《りゅうび》を上げて憲兵二人を睨んだ。

「これから奥様をまず可愛い女の子に仕上げて、それから昨夜と同じようにベッドへ大の字にして縛りつける。如何です」

含み笑いしながらそういう佐山に向かって、

「あなた達はまるで狂人だわ」

と、夫人は吐き出すようにいった。

「それを辛いと思うなら、井上の居所を吐けばいいのだ」

と、壁にもたれて腕組みしている西崎がいった。

「この男達の手でそれをつみ取られ、晒け出したくはないだろう。どうだ、もういい加減に口を割ってはどうか、美加」

そういう西崎に対して夫人は燃えるような憤怒を覚え、

「嫌です」

と、はっきりいった。

「気がすむまで私をなぶりものになされればいいでしょ。さ、好きなようにして下さい」

と、夫人は柱に縛り上げられた柔軟な美しい裸身を硬化させて西崎に激しい口調でいい、固く目を閉ざすのだった。

「仕方がありませんな」

と、佐山は舌打ちして、桃子の顔を見た。

「桃子、奥様はまだ強情をはられるようだ。仕事にかかれ」

桃子は面白そうにうなずいて夫人の前へ進み寄る。

「奥様、それじゃ私が剃って差し上げますわ」

桃子は小皿に溶かせた石鹼水を刷毛でかき混ぜながら夫人の前に身をかがめた。

「こんなに見事に揃っているものをつみとって、ほんとにいいんですか、旦那様」

と、桃子はクスクス笑いながら西崎の方にふと目を向けるのだった。

「かまわん」

と、西崎は腹をゆすって笑いながらいった。

桃子が、それじゃ、と舌なめずりするような顔つきで夫人のその柔らかいふくらみへ刷毛を触れさせていくと夫人は艶々した美しい裸身をピーンと硬直させ、官能的な腰部を揺さぶった。

「な、なにをするのっ」

と、思わず昂ぶった声を夫人はは り上げる。

「あら、昨夜は私に何もかも任せて夢心地に浸っていたくせに、どうして今日はそんなにうろたえるの、奥様」

桃子の持つ刷毛が触れるとたまらない屈辱感と汚辱感にさいなまれ、夫人は激しく身を揉むのだ。

「桃子ねえさん、やめてっ」

と、梅子ももう見てはいられず桃子の方に突進した。

「桃子ねえさん、こんな人達の手先になって恥ずかしいとは思わないの」

梅子は桃子の手から刷毛を取り上げようとして桃子にしがみついたのだ。

「邪魔をしないでよ、梅子」

桃子は喰らいついてくる梅子を振り切ろうとしてつかみ合いになる。

「貴様、まだ、俺達の仕事を邪魔する気か」

と、佐山と伊沢は左右から梅子の襟首をとって床の上へ突き倒した。

「全くこいつは手数をかける女中だ」

佐山は起き上がろうとする梅子を足で蹴り倒して、

「男爵、如何です、この女中も丸裸に剥いで奥様と一緒に折檻してやろうじゃありませんか」

公務執行妨害だ、といって二人の憲兵は笑うのだった。

「よし、やり給え、この女中は少し性根をたたき直す必要がある」

と西崎は相変わらず笑っている。

佐山と伊沢が梅子の帯に手をかけると、今度は美加夫人が、

「待って、待って下さい」

と、必死な声をはり上げた。

「梅子さんには何の罪もないじゃありませんか。梅子さんには手出しはしないで下さい」

夫人は悲痛な声でそういうと、

「もうさからったりはしないわ。さ、剃るなら剃って頂戴」

と、桃子に向かっていい、固く目を閉ざしていった。

「よし、それなら梅子は縛るだけにして、折檻するのはお前の従順さに免じて許してやる」

西崎はそういって佐山達に梅子を後手に縛らせた。

「そこの柱につないでおけ」

梅子は夫人の縛られている柱の反対側に立つ丸木柱に縄尻をつながれたのだ。

「奥様っ」

と、梅子は縛られた身体をよじらせてすぐ近くの柱に立位で縛られている夫人に向かい必死な声をはり上げた。

「梅子さん、私はもう地獄へ落ちた女よ。笑って頂戴」

美加夫人は大粒の涙を白い滑らかな頬に流しながら梅子に声をかけるのだった。

「始めろ、桃子」

西崎に声をかけられた桃子はうなずいて再びシャボンをたっぷり浸した刷毛を夫人のからだに近づけていく。

夫人は歯を喰いしばって桃子のそんな行為を甘受していた。

上から、そして下から微妙なタッチで桃子が刷毛を使い始めると、夫人はブルブルと緊縛された優美な裸身を小刻みに慄わせる。

「フフフ、満更、そう悪い気分でもないでしょう、奥様」

モヤモヤと柔らかく煙っている箇所にはシャボンを満遍《まんべん》なく塗り立てられた。

「ああー」

と、夫人は溜息に似たうめきを上げてなよなよと甘い身悶えをして見せた。

微妙な動きの刷毛にシャボンをぬりたてられると、夫人の身体は火のように熱くなり始め、やり切れないばかりの切なさが急速にこみ上げて来たのだ。

「佐山さん、剃刀をとって」

桃子は佐山から剃刀をとると、

「じゃ、奥様、お剃りしますからおとなしくなさってね。派手に身動きされると大切な所に傷がつく事になるわ」

といいながら静かにそれに刃をあてがうのだった。

屈辱の極

柱に縄尻をつながれている梅子はそんな私刑《リンチ》に遇う美加夫人をまともに見る勇気はなかった。

さっと視線をそらせて恐怖に膝頭まで慄わせている。

佐山や伊沢、そして西崎の嘲笑や哄笑が耳に入ってくる。

わずかずつ剃刀で剃り上げながら桃子は時折、

「ねえ、奥様、こんな恥ずかしい目に遇っても井上さんをかばいつづける気なのね」

と、真っ赤な顔をよじらせる夫人を見上げながらいうのだ。

「ええ、ど、どんな淫らな責めを受けても私、井上さんの事は口にしないわ。いくら聞いても無駄よ」

と、夫人は自棄的ないい方をした。

「よし、桃子、かまわん、早く丸坊主にしてしまえ」

と、西崎は夫人の言葉にたまらない嫉妬と憎悪を感じて冷ややかな声を出した。

「ほんとに奥様って強情ねえ」

桃子はそういいながらせかせかと巧みに剃刀を動かし続ける。

ぴったりと閉じ合わせている熟れ切った肉づきの太腿の上を次から次と黒いものが伝わって床板の上にひろげられた白いハンカチに落下していく。

やがて繊毛はわずかにその中心部を覆っているだけの淡い翳りとなり、遂にはそれも剃り落とされて、女の生々しい秘密が逃げも隠れもならぬといった風に露わに晒け出されてしまったのである。

「さ、出来上がりよ。まあ、どう、この可愛さは」

桃子は夫人のその部分を指さしてゲラゲラ笑い出した。

それにつられたように西崎も佐山達もどっと笑い出した。

美加夫人は毛穴から血を噴くような屈辱感で顔面を真っ赤に火照らせ、深く首を垂れさせている。

「ハハハ、美加、その方がずっと素敵だ。ますます美術品らしくなったぞ」

西崎はそんな姿にされた夫人を恍惚感で酔ったような気分になってしげしげと見入りながら大声で笑うのだ。

美加夫人は官能味を湛えた太腿をぴたりと固く閉じ合わせながら絖のような光沢を帯びた裸身をすっくと立たせて屈辱の極にすすり泣いている。

一切の翳りを失ったその部分の生々しい肉の実りを目にした佐山と伊沢は一層、情感の昂まりに全身を痺れさせ、腰をかがめて貪るようにそれを凝視するのだ。

「どこまでも強情を押すと、このような恥ずかしい思いをしなくちゃならないのだ。わかったか、美加」

西崎はそういいながら、嗜虐の悦びに胸を轟《とどろ》かせている。

美加夫人は西崎にとっては可愛さあまって憎さ百倍の女なのだ。愛するが故にいたぶりを加えたいというのが西崎の変質心理だが今、その念願は叶《かな》えられ、彼女を木端微塵にまで破壊する事に西崎は、成功したのである。

その部分の翳りを失って女である姿を生々しく露呈させ、身も世もあらず悶え泣く夫人を見つめながら西崎は新たな欲望に全身を昂ぶらせている。

「佐山君、これだけ観賞すればいいだろう。訊問をつづけ給え」

「は、わかりました」

佐山は口元に微笑を浮かべながらうなずいた。

「それでは奥様、ベッドへ乗って頂きましょうか」

柱につないでいる夫人の縄尻を解いて佐山は羞恥と屈辱に喘ぐ夫人をベッドの方へ引き立てていく。

佐山と伊沢に緊縛された裸身を横抱きにされた夫人はそのままベッドの上へ仰向けに倒され上体をがっちりとつなぎ止められる。

更に夫人の二肢を割り裂いて縛りつけるべく二人の憲兵が左右から華奢な夫人の足首に手をかけてくると夫人はチラと傍に突っ立っている西崎に泣き濡れた美しい瞳を向け、その瞳の奥にキラリと憎悪の色を浮かばせて、

「あなた、どこへも行かず、なぶりものになる私をよく御覧になって」

と、冷ややかな口調でいうのだった。

憲兵達のなぶりものになる自分を西崎の目にはっきりと見せ、彼の心がどのように動くか、それは夫人の西崎に対する一種の復讐であった。

「ああ、とくと見物させて頂くよ」

西崎は平然として口ひげをしごきながらいった。

夫人は口惜しげに唇を嚙みしめ、娼婦にでもなった自棄《やけ》っ八《ぱち》の気分で、

「いいわ、うんと開かせて頂戴」

と、憲兵達に自分から声をかけ、たぐられるまま反り返すように優美な二肢を左右へ割り開いていった。

「遠慮しなくたっていいわ。もっと開かせて頂戴」

夫人は自分を責めさいなもうとする男達に逆襲するようにひきつった声音でいい、自分で自分を無残に打ち砕いていく。

極端なまで二肢を割り裂かれ、足首に皮ベルトをかけられた夫人はその名状の出来ぬ汚辱感から身内がかっと燃え立って、

「さ、いじめて頂戴。好きなように私をいたぶるがいいわ」

と、昂ぶった声で左右に首を揺さぶりながらいうのだった。

一切の翳りを失ったそれが女体の深奥を露わに見せて男達のいたぶりを待っている。佐山も伊沢も揉み抜かれるような欲情の息吹を感じながらすぐには手が出せず、妖しい美しい人魚を目の前にしたように陶然とした表情で夫人のあられもない全裸像にじっと見入っていた。

「どうしたの、ね、あなた、早くこの人達に私を料理させて。うんと恥ずかしい目に遇わせて頂戴」

と、夫人は自棄になって自分の方から逆に催促しているのだ。

「よし」

と、西崎は次第に血走った目つきになり、夫人の挑戦に応じるように身を乗り出してくると、

「拷問を開始したまえ」

と、佐山達に声をかけるのだった。

佐山と伊沢、そして桃子が夫人の肉体に向かって攻撃を開始した。

佐山の手が夫人の縄に緊め上げられた乳房をつかみ、伊沢の掌が夫人の優雅に張りつめた腹部から滑らかな太腿の表皮をくすぐり始める。

「よし、それを俺にかせ」

西崎は責具を桃子の手から受け取ると、落花微塵とばかり夫人の肉体を裂いていった。

——夫人は数度到達し、数十分後には心身ともに打ち砕かれたようにがっくりと首を横に伏せていた。

目を血走らせ、荒々しい息づかいになっていた西崎は嗜虐の昂ぶりも最高潮に達して、

「桃子、バケツに水を汲《く》んで来い」

と、桃子に荒々しい声をかけた。

桃子が水の入ったバケツを運んでくると、西崎は完全に気を失っている夫人の裸体の上から思い切ってざっと水をぶっかけたのだ。

ふっと夫人が正気に戻ると、西崎は、

「何だ、すぐに気を失いよって。うんと責めてくれといいながら口ほどにもない奴だ」

と、せせら笑うのだ。

「もう降参したというのか」

「降、降参なんかしないわ」

美加夫人は水びたしになった顔を左右に振っていった。

「責めて頂戴。誰が降参なんかするものですか」

「こいつ、何て強情な女だ。よし、佐山、かまわん、続けろ」

西崎も異常なれば、西崎の責めを受ける夫人も異常さを発揮した。

再び、佐山に乳房がいたぶられ、西崎の責具に夫人のそれが妖しい粘着力を発揮する。

——再び、夫人は気を失った。

「おい、しっかりせんか」

ふと夫人が気づくと、ベッドから紐を解かれ、佐山や伊沢達の手で横抱きに抱きかかえられている。

檻の前に静かに降ろされた夫人はもう立って歩く気力もなかった。

「貴様の強情さにはただ呆《あき》れるだけだ。さ、檻の中へ入れ」

西崎に腰のあたりを足で蹴られた夫人はつんのめって片手で檻の鉄格子を握りしめていた。

「そこまで井上をかばえば貴様も大したものだ」

と、西崎は吐き出すようにいい、

「しかし、こうなれば俺も意地だ。とことん貴様を責め上げて何としてでも井上の居所は口を割らせてやるからな」

と、夫人のおどろに乱れた髪の毛をわしづかみにしながらいうのだ。

もうそれに答える気力もなく、夫人はよろめきながら檻の中へ身をくぐらせようとする。

「待て」

と、西崎はそんな夫人のしなやかな肩に両手をかけて連れ戻し、

「こいつ、また、梅子を使ってこっそりおまるを使うかも知れん。股間縛りにして檻の中へぶちこんでくれ」

と、佐山に向かっていうのだった。

「ハハハ、小用封じの縄をかけろというわけですな」

佐山は心得たとばかり床に落ちていた麻縄を拾い上げた。

排泄の要求まで封じて夫人に口を割らせようとする西崎の異常性に、柱につながれている梅子はもう声も出ない。

人間とは思えぬ西崎の悪辣《あくらつ》ぶりにはふと身の毛もよだつ思いになるのだった。

夫人は異教徒のように無抵抗のまま後手にひしひしと縄をかけられている。

深くうなだれたまま佐山に縄をかけられた夫人は余った縄尻を佐山が腹部で一巻きし、更にそれを股間へ通そうとすると思わず身を縮めて腿を強く重ね合わせ、それを拒否しようとするのだ。

「股へ縄を通すのですよ、奥様」

と、佐山が叱りつけるようにいうと夫人は抗し切れぬと覚《さと》ったのか、すすり上げながら腿の力を抜き、ねじり合わせた二本の麻縄を股間へ通させるのだった。

「ううっ」

と、夫人は佐山が股間に通した麻縄を伊沢と一緒に双臀を割って強く引き絞り出すと、奥歯を噛み鳴らしてうめいた。

「そら、これで我々の目をぬすみ、勝手におまるなんか使うわけにはいかないという事だ」

佐山は夫人の股をくぐった麻縄をキリキリと背後からたぐり上げ、双臀の亀裂に深く喰いこませて完全な股間縛りにすると、伊沢と一緒にせせら笑い、そのまま夫人を檻の中へ突き入れるのだった。

「いいか、梅子、お前も二度と勝手な真似をする事は許さんぞ。美加を苦しめるだけ苦しめて井上の居所を聞き出さなきゃならないんだ。便器を使わせるなんて事も二度と許さん」

と、西崎は強い語気で柱に縛りつけられている女中の梅子にいうのだった。


今はもう朝なのか、未《ま》だ夜更けなのか、この屋根裏部屋の檻の中では皆目、見当がつかなかった。

西崎達がここから引き上げてからもう丸一日が過ぎたように思われる。しばらくまどろんではハッと目覚める、それを夫人は檻の中で幾度となくくり返していた。

夫人は再び、激しい尿意に悩まされている。

きびしく股間縛りにされた裸身を夫人は幾度となく悶えさせながら、自分が人間である事の苦痛を今、口惜しいばかりに思い知らされている。

（ああ、どうしよう）

夫人は、キリキリ歯を噛み鳴らして下腹を突き上げてくる苦痛を必死にこらえているのだった。

身悶えする度毎《たびごと》、そんな自分を嘲《あざけ》るように股間を緊め上げる縄目は一層深く身内を緊め上げてくるようだ。

我慢が出来なくなれば遠慮せず床の上にまき散らす事だな、とここから引き上げる時西崎は夫人に捨科白《すてぜりふ》して行ったが、夫人は額にべったり脂汗を滲ませて自分がそのようなみじめな姿になるのも時間の問題のような気がしている。

西崎の卑劣さ、佐山達の残忍さを今更、呪っても仕方がないが、夫人はもう自分が人間であるかないかさえわからない状態に追いこまれていた。

ああ、と夫人は緊縛された美しい裸身を苦痛に悶えさせながら檻の格子へ汗ばんだ額を押しつけ、苦悩のうめきを洩らした。

「奥様っ」

何時の間にか、この屋根裏部屋へ梅子が入って来て檻の外からおろおろして中をのぞきこんでいる。

「奥様、私、もう奥様がこのようなひどい目に遇わされているのを黙って見ている事が出来ません」

その筋へこれから訴えて来ます、と梅子は思いつめた表情になっているのだった。

「そ、そんな事したって無駄よ。私は政治犯人をかくまった女なんですもの。罪人なのよ」

夫人は生理の苦痛に顔を歪めながら、諭《さと》すような口調で梅子に言った。

「私ね、西崎のねらっているようにこうなればうんとここでみじめな女になってやるつもりなの。もうそれよりほかに、西崎に復讐する方法はないわ」

夫人はそういってまたもやこみ上がって来る尿意に腰部のあたりを痙攣させながら、

「梅子さん、こんなみじめな姿をあなたに見られたくないわ。ね、お願い、ここから出て行って」

と、唇を慄わせていうのだった。

それでも梅子がそわそわしながら檻の外にいるので、

「私がここでお小水を洩らすのを梅子さん、御覧になるつもりなの、ね、お願い、早くここから出て行って」

夫人の悲痛な声を聞くと梅子は慄然として檻の中の薄闇の中で光る夫人の象牙色の肌を見た。

西崎に復讐するためにうんとみじめになってやるという夫人の言葉の意味がわかった梅子は泣きじゃくりながら逃げるようにその場から離れていく。

そのあと、夫人は悲壮な決心をしたようにじっと一点を硬化した表情で見つめていたが、檻の隅へ股間縛りにされた裸身をうねらせるように近づけていき、半ば腰を宙に浮かせるようにしながら上体を前屈《まえかが》みにした。

屈辱の口惜し涙がとめどもなく夫人の薄紅く染まった頬を濡らせている。

夫人は遂には声を上げて泣きながら汚辱の底へ自分を投げこませていった。

官能味を帯びた腰部と太腿のあたりが小刻みに慄えた。強く股間に喰いこんでいる麻縄が忽ち濡れ始め、縄の筋を通るようにしてポタポタと水滴がしたたり落ちる。

縄を通った水は前から後ろの方へしたたり落ち、床を濡らし続けた。もっと、もっと、自分を汚せばいいのだと夫人はますます自虐的になって放水し続ける。床にしたたり落ちる水の量は次第に多くなり地図のようにひろがっていく。誰かが梯子を登って来たが、夫人はもう何の狼狽も示さなかった。

自分のこんなみじめな、哀れな姿を見て、西崎や憲兵達が何と驚くか、何と笑うか、それを期待するような捨鉢な気持ちになっている。

屋根裏部屋へ入って来たのは、やはり、西崎以下の悪魔のグループだった。

「まあ」

と桃子は檻の中で耐え切れず失禁してしまった夫人を見て頓狂《とんきょう》な声を上げ、次に狂ったように笑い出した。

「洩らしちゃってるわ。まあ、あれ、見て」

桃子は檻の中を指さして小躍りせんばかりにはしゃいでいる。

西崎も佐山も伊沢も声を揃えてどっと笑い出した。

「床にたれ流すなんて、これでとうとう貴婦人も犬猫の仲間入りね」

桃子はそういって笑いながら、

「丁度《ちょうど》、いい所へ来たわ。奥様、井上さんをここへお連れしたのよ」

桃子のその言葉に消え入るように水溜りの上に身を縮かめていた夫人はハッとして顔を上げた。

「今朝、その筋からの連絡があって中野のアパートに潜伏していた井上さんを佐山さん達が捕まえて来たのよ」

佐山と伊沢の間にはさまれるようにして井上が後手に縛り上げられて立っていた。丸裸にされている井上は顔も肩も胸もなぐりつけられたあざが至る所についている。

かなりひどい折檻を憲兵達に受けてここへ連れこまれたらしいが、夫人は井上の蒼ざめた顔を見ると、半ば気が遠くなりかけた。

「井、井上さん」

「奥さん」

丸裸のまま雁字搦めに縛りつけられている井上は憲兵達の手を体を揺さぶって振りほどき、檻の方へ突進しようとした。

「こら、勝手な真似をするな」

佐山はどなって井上の縄尻を引いた。

「井上さん、ど、どうして逃げてくれなかったの」

夫人は激しく泣きじゃくりながら檻の中から井上にいった。

「奥さんと別れて一人で行く事が出来なかったのです」

井上は彫りの深い顔を歪めてこれも泣き出している。

「ハハハ、よし、これから貴様達を一緒に永久にここで暮らさせてやる」

西崎は夫人と井上の顔を見くらべるようにして楽しげにいうと、

「井上をこの檻の中へぶちこんでくれ。これで豚の雄と雌が誕生したわけだ」

井上は佐山と伊沢に肩をつかまれて夫人の入っている檻の中へ投げこまれた。

西崎はわめき立てる。

「これから糞でも小便でもそこへまき散らしながら仲良くそこで一緒に暮らすんだ」

と、西崎は遂に夫人を屈伏させ得なかった口惜しさで獣のように吠え立てるのだった。

解説

堀江珠喜

青年時代、団鬼六氏は父親からサラリーマンになることを禁じられたのだそうだ。投機や勝負事の好きな、いささか無頼派で旦那タイプの男性の目には、毎日規則正しく出社して上司や取引先の顔色をうかがいながら、目立った活躍も大きなミスもせずに仕事をし、決して多いとはいえない額の給料をもらって家族とつましく暮らすなど、「堕落」と映ったのだろう。

子供はいつのまにか親の価値観を受け継ぐ。そのためか、運命までもが引き継がれ、同じような不幸に見舞われることがある。

ともかく団鬼六氏も、いわゆるサラリーマン・タイプには育たなかった。わずか三年足らずではあるが、三浦半島の三崎で中学の英語教師として、それなりに平穏無事な生活を享受していた時期もあった。だが田舎教師で一生を全うすることを、彼の「才能」が邪魔したのである。

それから今に至るまで波瀾万丈の人生が続く。SM官能小説作家としては他の追随を許さぬ大御所の地位に常にありながら、私生活では（大阪人特有のサービス精神のなせる業《わざ》か）、信じられないようなズッコケで窮地に陥ってしまう。

そんなジェットコースターのごとき運勢が急降下した一九七四年春に「美人妻」（原題「倒錯の森」）は書かれ、「S&Mコレクター」五～六月号で発表された。この年の二月に、友人の手形保証で二千万円の負債を引き受けるはめになり、五年続けた鬼プロを解散させた直後であった。

非凡な才能ゆえの悲惨な成り行きに、ふと鬼六氏は、平凡で静かなサラリーマンのライフ・スタイルに、ある種のうらやましさを感じはしなかっただろうか。と同時に、その小市民的幸福をメチャクチャにしてやりたいサディスティックな衝動にかられたとしても不思議ではあるまい。

もちろん、現実の鬼六氏は他人に意地悪はしないし、あらゆる卑劣な行為とは無縁で温厚な御人なのだが、その反面、イマジネーションは壮絶に展開し、創作につながってゆく。

主人公、西川耕二は、どこにでもいそうなサラーリーマンだ。有能な営業担当者は概して「遊び」のほうも熟知しているものだが、彼の場合は生まれて初めての、ちょっとした浮気が破滅を導いてしまった。恋愛結婚した美しい妻、雅子を愛し、ことさら他の女を欲していたわけではない。しかし仕事が順調にはかどり、上司から芸者遊びを勧められ、多少のうしろめたさを感じながらも「芸者遊び一つ出来ぬようでは男の沽券《こけん》にかかわる」と、性悪女《しょうわる》の小菊にひっかかってしまう。全く、オトコの見栄にも困ったものだ。

ところが見栄っ張りほど実は小心者で、そのうえ脇が甘く、危機管理能力と現場対応能力に欠け、責任をとろうとしない。それどころか、ヘタに隠そうとするので、ますますトラブルが大きくなる。まあ「宮仕え」の構造は、どこでも似ているのだが、もしかしたらこんな「人種」を、鬼六氏の父親は嫌っていたのかもしれない。

自分の社会的地位を守るため、妻を源造に譲ったものの、「ワル」になりきれない耕二は働く気力を失い、ついに小菊にも捨てられ檻の中で雅子と夫婦奴隷として暮らすことになる。平凡なサラリーマン生活から、いわば異次元世界につき落とされた二人だが、果たしてこれは「絶望のどん底」なのか、それとも団鬼六が二人のために用意した「楽園」なのか。実のところ、この両極端な状態がひとつに融合しうるのが、「美人妻」の醍醐味《だいごみ》なのである。

さらに「美人妻」においては、しばしば強者と弱者、勝者と敗者がその立場を逆転させる。

だからこそ、「蛇の穴」の最後に、西崎男爵はわめきたてるのだ。いかに責め、辱《はずか》しめても美加夫人は屈伏せず、彼女と書生の井上との愛の成就を、男爵はぶちこわせなかった。いかに権力と財力とに恵まれた男爵といえども、二人の強い愛の前には弱者であり、敗者にすぎない。

もっとも、察するところ、西崎男爵はセックスにおいて、もともと「劣」の部類に属していたのではなかったか。二十歳以上も年下の「匂い立つように優雅な美女」を妻に迎えられたのも、彼女の実家の窮状を救う条件によってであった。彼は妻を愛しながらも、数えるほどしか同衾《どうきん》していない。芸術品のように美しく高貴な輝きをもつ美加の女体に対しては、もはや男爵などという俗世の地位や財産に何の価値もなく、ただ男性としての魅力と能力のみが有効である。だが西崎にその「力」はなかった。

おそらく彼の場合、サディズムは身体的セックス・コンプレックスを補うための精神的作用であり物理的手段であっただろう。酒を飲みながら西崎は告白する。

「俺は今、サディストとしての最高の感激に浸っているんだ。俺は美加を心から愛している。愛すればこそ責めさいなむというのがサディストの心理なんだ。俺は勇気がないばっかりに美加だけにはどうしても加虐行為を加える事は出来なかった。何時も空想の中で妻をあらゆる方法で辱しめる事を考えていたんだ。だが、それが現実となっている。美加は国事犯と姦通し、俺にとんでもない煮え湯を飲ませおったが、それを理由にあいつを今、徹底して責める事が出来るのだ。しかも、俺の手ではなく他人の手でいたぶられ、あいつは汚辱の底にたたきこまれている。妻を他人の手で責めさせる、これはサディストにとっては実にぜいたくな遊びだよ」

確かに贅沢で、退廃的な楽しみ方である。「蛇の穴」は一九七三年の「S&Mコレクター」六〜十月号に連載された作品だが、この時代背景は昭和九年。キナ臭さが漂っているとはいえ、まだまだ大正デカダンスの残照が認められ、有閑階級がその特権を行使し、大戦前の最後の豪奢《ごうしゃ》の輝きを誇っていた時代でもあったのだ。その意味で不毛な西崎男爵の存在は象徴的である。

ちなみに昭和九年には東京宝塚劇場がオープンし、浅草〜新橋間を地下鉄が走り、パーマネントが普及し始め、同潤会江戸川アパートが完成し、ベーブ・ルースが来日している。やはり都会はエキサイティングだ。だがその一方、東北地方では冷害のため娘の身売りや自殺が社会問題ともなった。そんな貧富の拡大に疑問を抱き、理想に燃えたインテリが共産主義運動に加わる。美加の不倫相手、井上もそのひとりなのだ。ただし土壇場になって「主義」よりも「愛人」を選ぶ、情けない活動家ではあるけれども。

こんな「お坊ちゃん革命家」に比べれば、はからずも女中の桃子のほうが、階級闘争をしたたかに実践している。彼女は、全裸でベッドに縛りつけられた美加に言う。

「今まで女中としてこき使われて来たその復讐が出来るような気分ですの。私ね、以前から奥様のような貴婦人は虫が好かなかったのよ」

桃子は主人の手先となって美加を責める。西崎のような愛情やその裏返しの嫉妬《しっと》からではなく、ただ階級差による恨みと妬《ねた》みを解消して楽しむ絶好のチャンスなのだ。

美加は「西崎に復讐するためにうんとみじめになってやる」と決心する。なるほど、裏切り者への仕置きがサディストの歓《よろこ》びとはいえ、妻の失態を他人に晒《さら》すのは夫の恥だ。このジレンマは当然ながら西崎を苦しめるだろうが、桃子にとってはいい気味でしかない。同じ女中の身分でも、善良な梅子とは好対照をなす桃子は、西崎男爵の愛読書、マルキ・ド・サド著『悪徳の栄え』の女悪漢《ピカラ》ジュリエットの、いわば「娘」なのである。

——大阪府立大学教授

本書は東京三世社より刊行された「美人妻」（原題「倒錯の森」一九八〇年三月）と「蛇の穴」（一九八一年六月）を再構成し、文庫化したものです。

幻冬舎アウトロー文庫

●好評既刊
飼育
団 鬼六

高利貸西野の陰謀で、没落寸前の名門有馬家。二十八歳美貌の令夫人小百合まで担保にとり、監禁、緊縛、浣腸と凌辱の限りを尽くす。いつか被虐の歓びに貫かれた女は……。官能調教小説の傑作。

●好評既刊
生贄
団 鬼六

助教授夫人で美貌の藤枝が、チンピラたちに拉致された。夫の浮気相手が企んだ罠にはまったのだ。バイブ、浣腸など過酷な責めに、藤枝はついに官能の虜と化す……。残虐小説の傑作、ついに文庫化。

●好評既刊
監禁
団 鬼六

何者かに誘拐された、華道の家元で国民的美女の静代の全裸写真が、SM雑誌に掲載された。誘拐は編集長が雑誌増売のために、企てたのだった。緊縛、浣腸と非道な拷問が続く、残酷官能の傑作。

●好評既刊
秘書
団 鬼六

結婚式直前、美人秘書の志津子が、同僚の小泉らによって誘拐された。監禁され、男たちの本能のままに犯されていく志津子だが、被虐の炎が開花して……。巨匠が放つ性奴隷小説の決定版！

●好評既刊
調教
団 鬼六

芸能界一の美貌の女優・八千代が、SMマニアの会社員に誘拐された。山奥の別荘に監禁された八千代は、凄惨な調教でいたぶられ……。悪魔の館で繰り広げられる秘密の宴。調教官能小説の傑作。

幻冬舎アウトロー文庫

●好評既刊

幻想夫人

団 鬼六

「ねえ、もっと淫らにして!」切れ長の目と気品と情感が漂う白い肌を持つ大学教授夫人の緋沙は夫のかつての教え子との浮気を機にマゾヒズムの悦楽を知る。人妻の色香漂う被虐官能小説の名作!

●好評既刊

花と蛇 〈全10巻〉

団 鬼六

悪党たちの手に堕ちた、令夫人・静子。性の奴隷としての凄惨な責め苦と、終わりのない調教。羞恥の限りを尽くされたとき、女は……。戦後大衆文学の最高傑作にして最大の問題作、ついに完結!

●好評既刊

悪女 (上)(下)

団 鬼六

美しさと淫乱さを持つ人妻・紗織は、プレイボーイとの情事を機に「セックス奴隷」へと変貌する。が、それはある人物が仕掛けた巧妙な罠だった……。セックス描写の極限に挑んだ若妻凌辱巨編。

●好評既刊

人妻

団 鬼六

二十八歳の人妻・園江は性には奥手だったが、温泉街で知り合った男に、一夜限りのつもりで、体を許す。しかし、その情事で、男に嬲《なぶ》られる悦びを知り……。匂い立つ筆致で迫る、調教官能の金字塔。

●好評既刊

女学生

団 鬼六

生活のために、映画出演に応じた美人女子大生。しかし、撮影と称して連れ込まれたのは、秘密の地下牢だった。檻の中で嬲《なぶ》り嬲られる嗜虐の宴を活写した「女学生」をはじめ全四編を収録。

GENTOSHA OUTLAW BUNKO

美人妻《びじんづま》

団鬼六《だんおにろく》

平成12年6月25日　初版発行
平成22年7月25日　3版発行

発行人——石原正康
編集人——菊地朱雅子
発行所——株式会社幻冬舎
〒151-0051東京都渋谷区千駄ヶ谷4-9-7
電話　03(5411)6222(営業)
　　　03(5411)6211(編集)
振替00120-8-767643
印刷・製本—中央精版印刷株式会社
装丁者——高橋雅之

幻冬舎アウトロー文庫

ISBN4-87728-889-9　C0193　O-2-39